# CORES DO NOSSO BRASIL

Copyright © 2024 por Lura Editorial.
Todos os direitos reservados.

**Gerente Editorial**
Roger Conovalov

**Coordenador Editorial**
Stéfano Stella

**Preparação**
Débora Barbosa

**Diagramação**
André Barbosa

**Capa**
Allora Artes

**Revisão**
Simone Souza

**Ilustrações**
Midjourney

**Finalização de arte e renderização**
Diego Bernard

Todos os direitos reservados. Impresso no Brasil.
Nenhuma parte deste livro pode ser utilizada, reproduzida ou armazenada em qualquer forma ou meio, seja mecânico ou eletrônico, fotocópia, gravação etc., sem a permissão por escrito da editora.

**Dados Internacionais de Catalogação na Publicação (CIP)**
**(Câmara Brasileira do Livro, SP, Brasil)**

C797

Cores do nosso Brasil: contos, crônicas e poesias de nossa terra / Organização de Lura Editorial. – São Caetano do Sul-SP: Lura Editorial, 2024.

Imagens geradas por inteligência artificial

128 p., il.; 14 X 21 cm

ISBN 978-65-5478-148-0

1. Antologia - Contos, Crônicas, Poesias. 2. Literatura brasileira. I. Lura Editorial (Organização). II. Título.

CDD: 869.908

Índice para catálogo sistemático
I. Antologia - Contos, Crônicas, Poesias : Literatura Brasileira
Janaina Ramos – Bibliotecária – CRB-8/9166

[2024]
Lura Editorial
Alameda Terracota, 215. Sala 905, Cerâmica
09531-190 – São Caetano do Sul – SP – Brasil
**www.luraeditorial.com.br**

# SUMÁRIO

**Você conhece?** .................................................. 11
*Vanessa Krueger | Blumenau – SC*

**A Mãe do Brasil** ................................................ 12
*Ana Flávia França | Campo Grande – MS*

**Noite fria** ......................................................... 13
*Ane Forcato | Sorocaba – SP*

**Versos capixabas: o samba que encanta** .......... 16
*Danny Esteves | Vila Velha – ES*

**Meu pico do Cabugi** ........................................ 18
*Davi Tintino | Mossoró – RN*

**A bocha** ........................................................... 20
*Édson Ceretta | Rondonópolis – MT*

**Baile de vagalumes** ......................................... 23
*Andreza Eduarda | Caratinga – MG*

**Ancestrais** ....................................................... 25
*Heldene Leicam | São Miguel do Gostoso – RN*

**Delta do Parnaíba** ........................................... 26
*Karina Zeferino | São Paulo – SP*

**A Teka** ............................................................. 27
*Kéllyda Antonia Casemiro | Volta Redonda – RJ*

**O cinza e o anjo** .............................................. 30
*Lenne Russo | São Paulo – SP*

**Brasil da diversidade** ...................................... 32
*Queilla Gonçalves | Niterói – RJ*

**O Parque das Araucárias e os Grimpeiros** ...... 34
*Rafaéla Milani Cella | Chapecó – SC*

**Assim é o povo gaúcho** ................................... 36
*Rosauria Castañeda | Candiota – RS*

**Tacacá idealizado** ........................................... 38
*Sinicley Menezes | Ananindeua – PA*

**Um sonho de carimbó** .................................... 40
*Sinicley Menezes | Ananindeua – PA*

**Cores do meu Brasil** .................................................. 42
Alba Mirindiba Bomfim Palmeira | Brasília – DF

**A aliança mística:**
**os povos da floresta e o curupira** ........................... 44
Ana Lemos | São Paulo – SP

**A lua no sertão** ........................................................ 46
Anamaria Oliveira | Canudos – BA

**O beato já dizia** ....................................................... 48
Anamaria Oliveira | Canudos – BA

**Cores desbravadas** ................................................. 49
Anamour | Rio de Janeiro – RJ

**Candinha Brazil** ...................................................... 50
Ariadneh M. Chaves | São João del Rei – MG

**O jardim da Ana Carolina** ...................................... 52
Augusta Maria Reiko | Porto Alegre – RS

**Diversidade** ............................................................. 54
Carolina Miranda | Salvador – BA

**O meu país tem a cor do ouro!** ............................... 55
Celeste Sousa | Porto Velho – RO

**Nordeste, meu lindo. Um cheiro! Visse.** ................. 56
Chico Jr. | Rio de Janeiro – RJ

**Memórias roubadas** ................................................ 58
Clara Araújo | Inhapim – MG

**Numa fria manhã de inverno, em Fraiburgo – SC** ..... 60
Claudio Reichardt | Fraiburgo – SC

**Colorida fauna brasileira** ....................................... 62
Elidiomar Ribeiro | Rio de Janeiro – RJ

**São Lourenço/MG** ................................................... 64
Felipe Blanco Manso | São Paulo – SP

**A cor do meio** .......................................................... 65
Fernanda Sanson Dura | Santos – SP

**País verde e amarelo** .............................................. 67
Geovanna Ferreira | Marília – SP

**Recolheitas** .............................................................. 70
Gisele Moreira | Jacobina – BA

**A baiana da minha terra Bahia** .............................. 71
Graça Dória | Camaçari – BA

**Um gostoso encanto**.................................................. 73
Heldene Leicam | São Miguel do Gostoso – RN

**Baianismo?**........................................................... 75
Hélio Bacelar | Salvador – BA

**Coisas de Goiás**..................................................... 77
Jane Costa | Goiânia – GO

**Labor brasileiro**.................................................... 78
Jessica Goulart Urbano | Porto Alegre – RS

**A menina-arara**..................................................... 79
Jovi e Laura Viegas | Porto Alegre – RS

**Lugar abençoado**................................................... 80
Juliana Deoldoto | Maringá – PR

**Lençóis maranhenses**............................................. 82
Karina Zeferino | São Paulo – SP

**O São João na Terra das Artes**................................ 83
Laíla Figueirêdo | Natal – RN

**Mário de Andrade – eu sou um modernista**................ 84
Leonardo Cássio | São Paulo – SP

**Macunaíma é meu nome**......................................... 85
Leonardo Cássio | São Paulo – SP

**Sagrado chão**........................................................ 86
Luciana Éboli | Porto Alegre – RS

**Amazônia**............................................................. 88
Luís Lemos | Manaus – AM

**Breve prosa de uma boa lembrança**......................... 90
Luna Cavalcante | São Bernardo do Campo – SP

**Brasil Pindorama, uma pesada carga cultural**........... 91
Manu Assis Pastor | Mogi das Cruzes – SP

**Quebra-cabeça cultural**.......................................... 93
Marcia Maria | Duque de Caxias – RJ

**Rio para amadores**................................................ 95
Marcia Maria | Duque de Caxias – RJ

**Os vários tons na paleta**........................................ 97
Márcio Castilho | Volta Redonda – RJ

**Meu Nordeste**....................................................... 98
Maria José Oliveira | Lagoa Nova – RN

**O banquete ribeirinho** .................................................. 100
Marta Estumano Freire | Niterói – RJ

**Fincada do Mastro de São Benedito** ........................ 102
Michele Boldrini | Linhares – ES

**Procissões ao Cruzeiro de São Rafael** ..................... 104
Michele Boldrini e Inacia Adriana Boldrini | Linhares – ES

**Pátria-mãe** ............................................................ 106
Murilo Melo | Jaguarari – BA

**Tudo misturado** ...................................................... 107
Natália Dozza | São Paulo – SP

**Venha cá, meu bem** ................................................ 109
Nathalia Scardua | Serra – ES

**Húmus** ................................................................... 110
paulo rogério | Carandaí – MG

**Insanidade urbana** .................................................. 111
paulo rogério | Carandaí – MG

**Encantos e encontros do Brasil** ............................... 112
Denise Romão | Vinhedo – SP

**Os óculos de Copacabana** ....................................... 113
Rosangela Soares | Araras – SP

**Terra sob a mão de Deus** ........................................ 115
Rubens A. Sica | Araras – SP

**Entre cores e culturas:
o Espírito Santo no mosaico brasileiro** .................... 116
Siony Rodrigues | Serra – ES

**De repente se viu...** ................................................ 118
Solange Rabelo | São Paulo – SP

**Um pedido ao Brasil** ............................................... 120
T. Assis | Içara – SC

**Memórias em cores** ................................................. 122
Tati Tuxa | Montes Claros – MG

**Centro de Goiânia** ............................................ 124
Thereza Cruvinel | Goiânia – GO

**Rio madeira: Espetáculo divino** ....... 125
Wanda Rop | Porto Velho – RO

**Sonho de criança** ............................ 126
Warliton Sousa | São Domingos do Araguaia – PA

# VOCÊ CONHECE?

*Vanessa Krueger | Blumenau – SC*

Que animal engraçado,
está sempre esfomeado!

Pesa mais que um jabuti
e pouco menos que um javali.

Dos roedores, o maior ele é!
Adora uma água, como o jacaré.

À noite procura
por sua comida,
e enche a pança
com a escolhida.

Em bando ele vive,
comendo capim.
Para os seus filhotes,
não dá talharim.

Seu nome surgiu
do tupi-guarani.
O "comedor de capim"
viralizou por aqui.

Agora é a hora
de descobrir...
É a capivara,
que nos faz sorrir!

# A MÃE DO BRASIL

*Ana Flávia França | Campo Grande – MS*

De Norte a Sul venerada, Maria de Nazaré, a mãe do nosso Perpétuo Socorro. Em cada região suas peculiaridades, mas como Aparecida ela abraçou com seu manto aquarelado todo o Brasil.

Aparecida na rede, nas águas.

Mãe dada à irmandade e familiaridade a Jesus Cristo.

A piedosa, carinhosa, intercessora;

Desatadora dos Nós,

Auxiliadora dos Cristãos; Cheia de Graça e de amor.

Mãe das Dores.

A pureza habitou seu ventre e fez-se humanidade por vontade do Maior.

A sua casa é singeleza, habitação da revelação encarnada.

Onde está o Rei do Universo, encontra-se a mãe; onde está a mãe encontra-se o filho.

No ventre, no colo ou na cruz em meio ao espanto,

Alegria ou dor, a direção sempre é indicativa a Ele, que nos abre um caminho para o céu.

Mãe Imaculada.

Mãe do Amor.

# NOITE FRIA
*Ane Forcato | Sorocaba – SP*

Inverno de 1920. O rebatedor inspira e se prepara para a tacada. A neblina deixa as luminárias leitosas e o Palestra Itália ruge na final entre Light e Liga Nipon. O time da companhia elétrica tem chance, mas o beisebol é uma paixão levada a sério no bairro da Liberdade. A atuação do jovem Hiroshi o elevou a astro isolado do campeonato.

Os jogadores são estrangeiros, no entanto, os japoneses são naturalizados e os norte-americanos, trabalhadores temporários. Isso leva os nacionais ao favoritismo da plateia. Bandeirolas japonesas de papel são agitadas por mãos alemãs, espanholas, judias... as mãos paulistanas!

Muitos espectadores não-japoneses vêm dos bairros italianos e fazem uma algazarra macarrônica. *Eles assimilaram as cores do Brasil, embora os modos ainda os denunciem*, pensa Hiroshi, grato pela torcida fervorosa.

Na tinturaria onde Hiroshi trabalha, lhe contaram o que um certo italiano segredou. Sua filha estuda os almanaques e sabe tudo sobre beisebol. Mulheres não frequentam o clube, porém, em uma manobra marota, esse pai brincalhão prometeu levá-la à final metida em terno e gravata, sem ninguém desconfiar de tamanha descompostura.

Fazendo uma entrega na Barra Funda, Hiroshi viu de longe a bela filha do italiano. Depois a viu de perto.

E ela retribuiu o seu olhar. Agora ele desejava ser o motivo de ela estudar o esporte.

No meio da partida, com o coração aos pulos, enfim ele viu o italiano. Ao seu lado, um rapaz franzino, de boina socada até os olhos. Um rosto tão bonito. Não é um rapaz.

É Cora!

Hiroshi precisava se concentrar na árdua disputa, jogou com a alma até a conquista do troféu. Depois, sentiu-se tomado pelo torpor da vitória e da ilusão de que talvez Cora estivesse lá, de terno e boina. O time o levou sobre os ombros, ele foi ovacionado. Entre centenas de vozes, a dela se perderia. Ele tirou o boné de couro e tentou divisar melhor a arquibancada. Tentou encontrar a moça bonita em trajes masculinos. Estava escuro, ele não distinguiu nenhum conhecido.

Hiroshi ama Cora em segredo desde que viu seus olhos verdes pela primeira vez, e saber que ela estuda o beisebol é quase como se ela estivesse dizendo que o ama de volta. Tudo valeria a pena, se ousasse imaginar que é correspondido.

E ele é.

— *Ti amo!*

Cora acenou ao rebatedor bonito, e o coração dela sabia que não eram palavras para o beisebol. Porém, mesmo que ouvisse, Hiroshi não entenderia. Ele só falava japonês.

Cada um pertence a uma colônia nesta terra que acolhe a todos.

E eles nunca se encontrarão, nem irão esquecer.

# VERSOS CAPIXABAS: O SAMBA QUE ENCANTA

*Danny Esteves | Vila Velha – ES*

Na terra de encantos capixabas,
O samba ecoa em pura sinfonia,
Nas ruas, nas vielas, em alegria,
Em cada passo, histórias se entrelaçam.
Das praias douradas aos manguezais,
A cultura exala em rara harmonia,
Na dança, no cantar, na melodia,
Um legado de amor que nunca sai.
É no balanço da palha do coqueiral,
Que o samba encontra seu lugar leal,
Entre sorrisos e versos a bailar.
Capixaba é o coração que acolhe,
O samba é chama que o povo envolve,
Numa festa eterna que o tempo resolve.
Nas terras do Espírito, samba é raiz,
Em cada esquina, um verso a dançar,
Herança viva, um jeito de amar,
Na cadência que o peito traduz feliz.
Capixaba, alma rica em emoção,
Samba é celebração, é identidade,
Canta a história, a fé, a liberdade,
É batuque, é festa, é tradição.

Nos versos que ecoam pelo ar,
Resiste o pulsar do povo a sambar,
Na ginga que não cansa.
No compasso do tambor a soar,
Capixaba e samba, a se abraçar,
Eternizam a cultura a brilhar.

# MEU PICO DO CABUGI
Davi Tintino | Mossoró – RN

Desenhado a milênios, na paisagem dos Potis,
emerges, Grandioso Monte, vindo feito suspiro quente da terra.
"É um vulcão extinto", advertem as ciências geológicas,
mas reza diferente a nossa tradição.
Dizem que fingindo a morte,
remanesces adormecido, para surpreender a vida.
De longe, tu provocas, no esturrico do sertão,
o olhar dos viajantes na acinzentada caatinga.
Ah, Imponente Silencioso, quantos pés,
arrastando fome e cansaço, viste do alto de teu corpo rochoso?
Foste observador de quantas bocas,
derramando-se, na sede dos caminhos?
Certamente, se tu tivesses nascido nas terras do Ceará,
serias cenário grandiloquente
na prosa efusiva dum José, por sobrenome Alencar.
Se tu tivesses brotado, lá pelo recôncavo da Bahia,
em ti teria posto mãos ávidas
um Amado talentoso.
Se tu tivesses surgido, nas lonjuras do Pernambuco,
serias, deveras, inspiração para a mente bairrista
dum Gilberto Freyre fervoroso.
Nem lá, nem ali, nem acolá
foste beber a luz escaldada do sol beijando o sertão.
Gestou-te o útero potiguar,
na forma linda duma erótica pedra.
Rebentaste, bem esculpido,
Feito seio mimoso de sertaneja veranil.
Aqui batizado foste: "Pico do Cabugi".

És nosso, Hercúleo Sonolento!
É daqui, desta parte nordestina do Elefante Brasileiro
que tu lanças o olhar, para o sertão e para o mar.
Reinas, aqui, cercado pelo deleite do nativo.
Somos aqueles que te lambem a silhueta,
afagando-te os pés esparramados.
Dizemos, no silêncio dum meio sorriso:
"É tão lindo o Pico da minha terra ".
 É certo que, percorre-te, invejoso, o labor inteligente
dos poetas:
 talvez, à moda litorânea dum romântico Itajubá,
 ou do jeito faceiro dum Jorge Fernandes apaixonado,
 a cantar, nos "Poemas das Serras", o seio molhado
da cabocla.
 Referencia-te, Monte Suave, a cronística bem forjada,
 o encômio entusiasmado dum Cascudo erudito.
 Mas é cá dentro, neste peito insone, que te busco,
impaciente,
 na cáustica malha da perigosa estrada.
 É à margem da quente 304
 que tu bebes, Imponente Pico, o vigoroso leite
 das entranhas potiguares...

# A BOCHA
*Édson Ceretta | Rondonópolis – MT*

Com um vínculo muito próximo ao bolão, ou boliche, a bocha é um tipo de esporte competitivo e bastante popular em muitos estados do Brasil e no mundo. Faz parte das manifestações e do universo multicultural desse país.

Originado do italiano *boccia* (bótchia), ela é jogada entre duas equipes, cada qual tendo direito a seis bochas — bolas —, na modalidade trio, ou quatro, nas modalidades de duplas ou individual.

A bocha é um jogo estratégico. Consiste em lançar bochas, e dispô-las o mais próximo possível de um bolim — a bola pequena —, que é lançada antes. O oponente, na sua vez, tentará situar as suas bolas mais perto ainda do alvo, ou eliminar as do adversário, chocando as suas com as dele. Vence quem conseguir aproximar mais bochas do ponto central, o bolim, e consequentemente fazer mais pontos.

Para a realização desse jogo, são utilizadas canchas, que possuem um comprimento que pode variar de 25 a 30 metros, e uma largura que vai de 2 a 4 metros, a depender da região.

Nesse incipiente e despretensioso texto, vamos focar em uma fração do nosso país, onde essa desafiadora modalidade esportiva avançou rapidamente, por força principalmente do fluxo de imigrantes italianos, e criou fortes raízes. No começo, era mais popular entre idosos, mas, depois, cativou também o público jovem.

Referimo-nos à região Sul, onde a bocha tem grande destaque, fazendo parte, com muito vigor, de sua cultura e de sua história, sendo que o estado do Rio Grande do Sul se sobressai entre os demais.

Assim como o futebol se popularizou neste país continental, a prática do jogo de bocha se espalhou por toda a aludida região, de forma muito natural, e está estreitamente ligada às tradições locais das comunidades, como valor recreativo e cultural. É praticado em clubes, centros comunitários, empresas, sindicatos, paróquias, praças, praias e CTGs.

Atualmente, a bocha é muito difundida nessa parte do país e é disputada nas modalidades individual ou simples, duplas e trios e jogada em várias categorias, inclusive na paralímpica.

No passado, em especial no Rio Grande do Sul, a prática do jogo de bocha representou uma das principais atividades de lazer das pessoas, que se reuniam após a missa, para esse saudável hábito.

Curiosamente, nesse mesmo estado, os jogos no início eram realizados com marmelo, fruta comum na região da serra do Rio Grande do Sul, por se parecer muito com uma bocha.

E aí? Conhecia esse esporte democrático? Quer se lançar na história e pesquisar mais ou prefere um desafio em cancha?

# BAILE DE VAGALUMES
*Andreza Eduarda | Caratinga – MG*

Das Dores fechava os olhos e respirava fundo. Sentia a grama fria embaixo dos pés descalços de solas grossas e sujas de poeira. Apreciava cada delicada brisa de ruflar de asas de borboleta que pudesse acariciar seu rosto. Esses momentos, esses em que fugia do mundo por alguns segundos, eram os mais felizes e pareciam durar um infinito de alegria dentro de um reduzido espaço de tempo.

A mãe chamava pela filha, que devaneava na porta da sala, e a menina voltava obediente para atender ao chamado. Saía da grama que enfeitava a porta da sala e trocava o frescor verde pelo abraço da terra vermelha do terreiro. Das Dores era a filha mais velha dos sete irmãos. A única menina, cabendo a ela cuidar dos afazeres domésticos.

Entrando tranquila na cozinha de terra batida, ia preparar a marmita para seus pais e seus irmãos. O fogão a lenha coberto de barro branco era sua companhia de todos os dias. Desde a madrugada, alimentava o fogo que ficaria aceso o dia todo. Fazia o café, as quitandas, o almoço e a janta, inundando o lar de aromas e temperos.

A pequena casa em que moravam era de um quarto, onde os pais e os filhos se amontoavam em duas camas, e uma cozinha, onde todos se reuniam em banquinhos para se aquecer no calor do fogo. Os calos nas mãos eram esquecidos nas conversas acaloradas.

Ao fim de todas as tardes, a família se reunia sentada no banco debaixo do pau-brasil que protegia a frente da casa. Riam juntos e observavam o azul do céu descansar e deixar os tons lilases e laranjas abraçarem as montanhas gerais do interior de Minas enquanto os pássaros bailavam no céu antes de se recolherem na copa das árvores mais verdes. Riam e tomavam o café quente de Das Dores para encerrar o dia.

Antes da Voz do Brasil começar, o rádio — que ficava ligado durante todo o dia — abria espaço para as canções das duplas sertanejas. A família apreciava as canções repetidas como se fosse a primeira vez, em seguida vinham as modas dançantes que embalavam todos e levantavam terra vermelha com os pés descalços.

Mais tarde, jantavam no mesmo banco do terreiro e apreciavam as estrelas. O céu pintadinho de pontinhos brancos e os pastos pintadinhos de pontinhos brilhantes que piscavam sem parar. Das dores, apesar do nome, se sentia feliz. Pensava que devia se chamar Das Graças, Maria das Graças, pois apesar da vida humilde, era feliz com tudo o que possuía, vivia feliz, daquele jeitinho.

A Voz do Brasil acabava e as modas voltavam a tocar, abrindo espaço para a família bailar com os vagalumes.

# ANCESTRAIS

*Heldene Leicam*
*São Miguel do Gostoso – RN*

Das raízes indígenas ao legado afrobrasileiro, a essência ancestral ecoa em cada tradição, em cada gesto de resistência. Na roda de dança, corpos se movem em sincronia com a batida dos tambores. Passos firmes e gingados que contam histórias, que transmitem memórias de um povo que carrega consigo a força de seus antepassados. No sabor da comida, aromas se misturam em um banquete de saberes. Receitas ancestrais que atravessaram séculos, preservando a identidade de um povo, sua conexão com a terra e seus rituais sagrados.

Nas pinturas corporais, a arte se revela em traços singelos, pintados com dedicação e significado. Cada desenho conta uma história, cada cor tem um propósito, mostrando ao mundo a beleza de uma cultura rica em simbolismos. A espiritualidade se manifesta nos cantos, nas rezas, nos rituais sagrados. A conexão com a natureza, com os elementos da Terra, é a base de uma cosmovisão que enxerga o Divino em todos os seres e celebra a interdependência de tudo que existe. As variações das tintas que marcam os corpos e das penas e sementes que enfeitam e alegram são as cores do Brasil.

Indígena e afrobrasileira,
culturas ancestrais entrelaçadas —
Forças que resistem.

# DELTA DO PARNAÍBA

*Karina Zeferino | São Paulo – SP*

Delta do Parnaíba
Cinco braços que abraçam três estados
Maranhão, Piauí e Ceará
307 mil hectares de águas que deságuam no mar

A natureza é estonteante
Ilhas verdes de paisagens delirantes
Mangues preenchem às margens
Com esculturas de raízes selvagens

Ventos fortes sopram as dunas
Que as areias movem aos montes
Caranguejos sustentam o povoado
E alimentam os pássaros delicados

A revoada se encarrega do espetáculo
Dos guarás em bando apressados
Aves chegam riscando o céu
Formando nas árvores um vermelho véu

Velho Monge é carinhosamente chamado
Águas doces buscam água salgada
O Rio Parnaíba em seu clima primaveril
Exibe o pôr do sol mais deslumbrante do Brasil.

# A TEKA

*Kéllyda Antonia Casemiro | Volta Redonda – RJ*

Três amigos leram uma notícia no jornal que falava sobre as ararajubas, essa espécie nativa da Amazônia brasileira. A notícia mencionava que ela é considerada vulnerável pela lista vermelha de espécies em extinção da União Internacional para Conservação da Natureza (IUCN).

Diante da informação, Gustavo perguntou:

— Como é possível isso acontecer?

André prontamente respondeu:

— Devido à perda de *habitat*, aliada ao tráfico ilegal de animais silvestres.

— Que situação difícil! — lamentou Gustavo.

Na mesma hora, Carlos falou:

— Se você quiser ter uma ararajuba, deve adquiri-la em um criadouro legalizado, que tenha autorização do Ibama. Precisa conferir para adquirir. Eu tenho uma.

Gustavo arregalou os olhos e argumentou:

— Sério! Você tá brincando?

— Não. A minha ararajuba se chama Teka e tem quatro anos — respondeu Carlos.

— E ela tem a documentação? — indagou André.

— Claro que sim! Ela é um animal silvestre nativo, ou seja, pertence à nossa fauna — explicou o amigo.

Gustavo disse ter calopsitas, mas explicou que elas não tinham documentação.

Sobre as calopsitas, Carlos fez uma observação:

— As calopsitas são silvestres exóticos, não pertencem à nossa fauna e, no Brasil, são consideradas animais domésticos, por isso não precisam de documentação.

— Que interessante! Eu não sabia dessas coisas — surpreendeu-se Gustavo.

Depois de muita conversa, Carlos chamou os amigos para irem até a sua casa, que ficava numa rua próxima, para conhecer Teka. Quando chegaram, ele os levou até o viveiro de Teka, que ficava em um cômodo, e disse:

— Oi, Teka! Cheguei. Você tem visitas!

Carlos mostrou-lhes os brinquedos de madeira, os balanços e o *play* onde ela brincava, todos espalhados pelo lugar.

Depois de uns quinze minutos, enquanto os amigos conversavam e a ararajuba os observava, Carlos abriu o viveiro e esticou o dedo para Teka subir nele. A ararajuba subiu e mandou beijo, virando de barriga para cima.

Gustavo fez um cafuné nela, e André também esticou seu dedo para ela subir. Então a ave foi para o seu ombro, mandou um beijo e fez barulhinhos.

André achou a atitude o máximo e falou:

— Quero uma assim!

Carlos logo explicou:

— São maravilhosas, mas dão trabalho e precisam de um lugar adequado e com enriquecimento ambiental, como este que você está vendo aqui.

Nesse momento, Teka fez um voo lindo e pousou no ombro de Carlos.

Vendo a cena, Gustavo disse:

— Eu já tenho minhas calopsitas e não quero mais. Tenho trabalho suficiente.

André argumentou:

— Mas precisa disso tudo?

Gustavo riu e falou:

— Precisa de mais ainda: veterinário, exames, remédios, ração extrusada e...

André interrompeu o amigo e afirmou:

— Ok! Não dá pra mim!

Enquanto isso, Teka, no ombro de Carlos, falou dançando:

— Te te te Teka! Te te te Teka!

Quem resiste?

# O CINZA E O ANJO
*Lenne Russo | São Paulo – SP*

Qual a cor de quem vive na cidade grande?

Eu, pretensiosa que sou, fui nascer logo na maior delas, terra da garoa, selva de pedra, o lugar que nunca dorme. E descobri que o paulistano, nascido, migrado, imigrado, importado ou arrebatado, é cinzento.

São Paulo tem do santo só o nome. Ela espreita e açoita seus moradores cinzentos de muitas formas.

Suas luzes, tantas que apagam as estrelas, atravessam a retina como uma lâmina, doendo até nos sonhos que se poderia ter.

A voz, som de buzina, motor de caminhão, apito de fábrica, grito de "pega ladrão". Cachorro latindo, fogos explodindo, num boteco uma voz cansada sai por uma caixa rachada, tentando faturar um tostão.

O cheiro, que os cinzentos reconhecem de longe! Fumaça, poluição, lixo, suor. No meio de tudo um cheiro de tempero, pausa para um pequeno sorriso e um ronco no estômago — mas não é hora de almoçar, vai trabalhar!

A pele da megalópole, o asfalto quente, o concreto áspero, o aço duro e escuro. O toque engordurado das paredes sujas, aliviado aqui e ali por um pouco de cor da arte proibida ou da propaganda chamativa.

O seu corpo, sem planos, sem projetos, sem poesia. Elegantes braços apontando o céu ao lado de tumores expostos de feiura e pobreza. Grandes construções que nos tiram até o ar. E muitos, tantos puxadinhos! O endereço de um cinzento muitas vezes é altos, baixos, fundos. Blocos, vilas, cortiços, casa 1, 2, 3. Ruas sem saída, avenidas-pistas de corrida, viadutos enfraquecidos na lida, rios quase sem vida. E dá rima! Porque São Paulo exige dos cinzentos até a alma, mas quem prova suas facilidades, modernidades, excentricidades, não se salva. O monstro cinza vicia.

Minha casa tem quase um século. Portões baixos, feitos para embelezar, não proteger. Hoje, cercada por prédios-formigueiros, exibe timidamente o seu jardim, sua arma final, a peça de resistência. Três metros quadrados de rebeldia, explodindo verde e rosa e amarelo e roxo. Gritando para os que passam e observam: alguns nunca viram algo assim, outros simplesmente tomam da cidade, à força, alguns poucos segundos para apreciar. Tem ainda os que pedem uma mudinha de rebeldia, mas depois de mais um dia cinzento acabam se esquecendo dela, que morre no copinho plástico, saudosa do meu jardim.

Às vezes penso que não vou suportar, que o cinza venceu. E quando estou quase cedendo, a voz de um anjo vem de lá, do meu jardim, aliviar a dura cacofonia das ruas, a fumaça áspera, o azedo do asfalto.

E ele me diz Bem-Te-Vi!

Amém.

# BRASIL DA DIVERSIDADE

*Queilla Gonçalves | Niterói – RJ*

Brasil da diversidade
Muitas são as cores que se fundem entre si
Criando a própria cor
De um povo colorido
Que, por vezes, tão sofrido
Não perde a esperança e a fé
Em seja lá quem for.
Nos seus olhos vejo o sangue
Sangue que corre nas veias,
Veias dos braços fortes
Que, não contando com a sorte,
Arregaçam as mangas e plantam
Vão à luta e não se cansam
De correr para viver.
Povo bem-humorado
Do churrasquinho na laje
Da alta gastronomia
Dos becos, guetos e vielas
Das lindas mansões e favelas
Das praias, curvas e esquinas
Dos vizinhos, dos favores
Dos poetas e cantores
Do pedreiro, do estilista
E da alma do artista
Da "garota de Ipanema"
Novela, show e cinema
Do samba e do "busão"

Do "nada a ver" e do "perdido"
Da polícia e do bandido
Dos brechós e do importado
Tudo junto e misturado.
Brasil da diversidade
Da hipocrisia, da verdade
País que inspira a tantos
Em seus poemas, telas e cantos
O que passa em sua mente?
Quem é o seu povo, sua gente?
Povo forte? Povo são?
Pinta a cara com a bandeira e a entrega para bater
Chega o fim do mês e nunca sabe o que fazer
Não tem para si e nunca diz "não"
Voa alto com os pés no chão
Vive no vermelho, com o celular na mão
Toca o céu com os joelhos,
Conta os trocados e os amigos
E ainda reparte o seu pão!

# O PARQUE DAS ARAUCÁRIAS E OS GRIMPEIROS

Rafaéla Milani Cella | Chapecó – SC

Nosso Brasil gigante, abraçado ao sul
O Parque das Araucárias em São Domingos e Galvão localizado
No anseio da proteção e conservação das espécies em extinção
Juntaram-se corações para proteção
Denominado Grimpeiro
Tal qual o pássaro estimado, determinou a missão
Que no alto das araucárias habita
E em total harmonia vive em um sistema equilibrado
Bebe das gotículas das pontas dos espinhos dos pinheiros
Majestosa natureza em todos os sentidos transborda
O Grimpeiro não deixa que a araucária se termine
"Os Grimpeiros" guardam o "Parque das Araucárias"
Para preservar o passado e cuidando para o futuro
Nas picadas existentes
O monitor ambiental guarda os caminhos e segredos dos antepassados
E ao final, o fecha trilha protege os que anseiam receber conhecimento
Revelando aos que buscam, conexão entre as gerações

A fartura das florestas, as árvores frondosas contando histórias

Nesse espaço reservados a elas, exuberantes e frondosas

Estar no meio da mata e olhar para cima as imponentes araucárias

Nuvens verdes, pairando sobre as cabeças

Nos dá a certeza de um bom trabalho feito à natureza.

# ASSIM É O POVO GAÚCHO

*Rosauria Castañeda | Candiota – RS*

Não tem diversão melhor que vencer um Grenal,
Se tira sarro do Grêmio ou também do Internacional
E com seus grupos de dança bem tradicional
O gaúcho se destaca, sendo orgulho nacional

É um povo que não para, trabalhador
Ama sua terra, que trata com muito amor
Gaúcho que trata cavalo, chama-se tratador
Tem o aporriado, que é entregue ao domador

Orgulhoso, gosta de contar sua história e cultura
Desde a batalha perdida na noite escura
Até a vencida com coragem e bravura
Num linguajar direto e sem frescura

Seus campos verdes e planos, bom para criar gado
Tem um rebanho de qualidade num espaço folgado
Produzindo carne excelente que o Brasil tá ligado
E planta-se também, num serviço agregado

No inverno tem neve e geada
Clima europeu, lago e enseada
Onde a natureza é homenageada
e por esse sol amarelo, massageada

Não existe céu mais azul que o do Rio grande do Sul
que grande paz envolve na nuvem branca que reluz
Mostrando tamanha clareza nessa luz
Que parece vir da força que emana de Jesus

No verão tem praias lindas, que ficam cheias de gente
Água de mar e lagoa, para escolher contente
Tem serra e campanha, passeio diferente
E tem a fronteira para visita inteligente

Não tem gaúcho que não ame sua Querência
Vivendo sua vida com seriedade e decência
Honrando sua família com consciência
e orgulho do trabalho que faz com reverência

Porto Alegre, dos gaúchos a capital
No Guaíba tem um pôr do sol sem igual
Cidade linda e muito cultural
Do RS, a mais importante e divinal.

# TACACÁ IDEALIZADO
*Sinicley Menezes | Ananindeua – PA*

Quatro da tarde. Saí da escola antes do final da aula. Na verdade, fugi. Um calor escaldante em Belém. Estava a fim de passear, andar sem rumo, cuidar de mim mesmo. Afinal era um dia especial, pelo menos para mim. Caminhei pela Praça da República. Fiquei admirando seus coretos; a imponência histórica, colonial, do Teatro da Paz bem no centro da praça. Sentei-me em um banco embaixo de uma mangueira, de frente para o teatro, quando senti o perfume citricamente adocicado de tucupi. Uma tacacazeira vendia sua saborosa iguaria ali perto: tacacá. Fui até lá. A venda estava cheia, as cuias fumegantes sendo entregues pela vendeira aos clientes, disputando calor com a tarde escaldante tipicamente paraense. As pessoas suavam de pingar, se deliciando, sentadas nas cadeiras dispostas na calçada, quando o avistei. Um rapaz, que devia ter a mesma idade que eu. Características de descendência indígena estampadas em seu belo fenótipo. A pele de um marrom avermelhado combinando com seu corpo forte, e com seus olhos puxados, lábios finos e cabelos lisos. Ele também uniformizado, só que de escola vizinha a minha.

Não tive como não admirá-lo em segredo na fila, esperando minha vez.

Ele percebeu e me olhou de volta. Não consegui identificar que tipo de olhar foi aquele. Fiquei tímido. Havia chegado minha vez.

— Boa tarde — cumprimentou a senhora de braços gordos.

— Boa tarde. Uma cuia de tacacá, por favor.

— Com pimenta ou sem pimenta?

— Com pimenta.

Olhei para ele, que fez uma cara para mim de quem havia escutado meu pedido. Cara de quem sabia que eu ia me dar mal por conta da pimenta, de sorriso cínico. Sorri de volta.

Goma, tucupi, mexidinha de leve, mais um pouco de goma, mais tucupi, molho de pimenta, mexidinha, jambú, um punhado de camarão.

Ela me entregou a cuia fumegante. Paguei, agradeci. Busquei lugar. Ele fez sinal para uma cadeira ao lado dele. Fiquei nervoso, mas me sentei ao seu lado.

— Ari — se apresentou.

— João Pedro.

Tomamos o tacacá. Suamos. Boca tremosa e ardente, efeito do jambú e da pimenta. Conversamos. Trocamos número de celulares. Acabamos. Agradecemos a vendeira. Caminhamos para a parada de ônibus.

O ônibus dele apareceu: *Icoaraci/Ver-O-Peso*. Ele se despediu. Quando nos abraçamos, deu-me um selinho na boca (tucupi, goma, jambú, camarão, pimenta, sentimento bom surgindo).

Fiquei nervoso pela exposição.

Caminhei para casa com o peito em festa.

Quando abri a porta, surpreso. Ao som de "parabéns pra você..." minha família festejava meus dezoito anos.

# UM SONHO DE CARIMBÓ
*Sinicley Menezes* | *Ananindeua – PA*

"Vou mostrar para o mundo como dança o carimbó."

    Cantava Mestre Pinduca no ouvido de Zeca quando sentiu lhe cutucarem o ombro. Ele abriu os olhos, era sua amiga do grupo de carimbó, que participava como dançarina. Zeca tirou o fone dos ouvidos, calando Mestre Pinduca por um tempo. Ela o avisava que chegara a hora do voo. Zeca sorriu e a seguiu pelo Aeroporto Internacional de Belém, caminhando ao lado do grupo para o embarque. Iria participar de um festival internacional de dança; seu grupo convidado representando o Pará, vindo da cidade de Vigia de Nazaré.

    Emocionado, lembrava-se de sua história, e agora embarcando a outro país, para representar sua cidade, sua cultura e sua dança. Vigia estava em festa. Como estivera na despedida do grupo dias atrás, em pleno espaço cultural, ao lado da famosa Igreja de Pedra construída pelos Jesuítas, e por negros e indígenas, abençoando aqueles jovens sonhadores. Dançando, com Dona Onete lhe dizendo que "A Garça namoradeira, namora o malandro Urubu... No meio do Pitiú", Zeca rodopiava rebolando os quadris, o tronco meio curvado, nos passos do carimbó junto com sua parceira, que fazia girar sua saia rodada, como as flores que se abrem na primavera. Ainda que estivessem em grupo e os instrumentistas com os curimbós ditassem o ritmo, Zeca era quem mais se destacava pela beleza jovial de vinte e um anos. Seu pai dizia, com o filho criança ainda: "Esse menino não quer nada, essa dança não vai levar a lugar algum! Ele tem é que ajudar na barraca de verdura!", antes de ir para feira com a esposa, mãe de Zeca, para trabalhar como feirantes. Ela incentivava o filho em segredo. A avó paterna, lavadeira, emocionava-se ao ver o neto, negro retinto, herança ancestral, destacando-se entre os dançarinos. Emocionava-se porque, dançando, seu neto podia ser quem ele nascera para ser: um dançarino; um alguém não mais invisibilizado.

Enquanto procurava seu assento no avião, Zeca lembrou-se do beijo escondido, apaixonado, de despedida e cheio de saudade em seu amor, atrás da Igreja de Pedra, após a apresentação. Ela preservando seu segredo.

Aproveitou a viagem para guardar Vigia no coração, e deixar a alma se encher de novidades, línguas novas, sotaques diferentes. Ser vigiense era o que o tornava Zeca, dançarino de carimbó, negro retinto, filho de feirantes e neto de lavadeira.

Colocou no ouvido o Mestre Pinduca, enquanto caminhava pelas ruas de Paris.

Agora um cidadão do mundo.

"Esse rio e minha rua, minha e tua Mururé."

# CORES DO MEU BRASIL

*Alba Mirindiba Bomfim Palmeira | Brasília – DF*

Brasil,
Quanta cor espalhada há
Por esse teu corpanzil!
O verde de tuas matas e florestas,
É o pulmão do mundo;
O colorido da fauna e da flora
É lindo, verdadeira preciosidade;
Aves de todas as cores
E flores, igualmente,
Adornam a nossa terra,
Patrimônio da humanidade.
Quanta biodiversidade!
Nosso céu é singular:
De incomparável azul,
De dia, é de brancas nuvens ornado.
À noite é esplendidamente estrelado.
O mar assume as cores verde e azul,
Em diversos tons,
Com admirada orla, de Norte a Sul.
O amarelo, riqueza sólida,
Representa o nosso ouro,
Abundante no passado,
Motivo de cobiça doutros logradouros.
Nos dias de sol e chuva,

Eis que se posta no firmamento
Um exuberante arco-íris,
Símbolo da aliança
Entre Deus e os homens,
Fazendo deste país
Um gigante abençoado.
Tantas cores, tantos tons,
Faz-nos ver,
Que és tu somente, meu Brasil,
Amado e idolatrado por seu povo
De quem és mãe gentil.

# A ALIANÇA MÍSTICA:
## OS POVOS DA FLORESTA E O CURUPIRA

Ana Lemos | São Paulo – SP

Nas matas acreanas, onde os raios de sol acariciam a vegetação exuberante e o vento sussurra segredos ancestrais, uma vozearia de inquietação se espalha rapidamente, apavorando as comunidades ribeirinhas e indígenas: uma draga de garimpo ilegal, com desmedido potencial de dano, posicionava-se como uma cicatriz intrusiva no sinuoso rio Juruá.

Pian, um jovem indígena da etnia Kanamari, percebe que o reverberar da má notícia é motivo bastante e capaz de despertar o guardião da floresta. Era evidente o medo de que a draga atraísse uma horda de garimpeiros para uma das regiões mais preservadas da Amazônia, ameaçando a delicada harmonia daquele ecossistema.

Os ribeirinhos, estimados por seus conhecimentos tradicionais e práticas sustentáveis, veem-se confrontados não apenas pelo risco à economia local — devido à iminente inviabilização do manejo do Pirarucu —, mas à saúde da população. Preocupados com a intoxicação pelo mercúrio utilizado no garimpo, que seria despejado nas águas que fornecem alimento e banham as crianças. O garimpo seria veículo para uma tragédia ambiental e humana.

Ribeirinhos e indígenas, em simbiose com a natureza, enfrentam um perigo que transcende o tangível.

Nesse palco tenso, o curupira, com seus cabelos vermelhos como chamas e seus pés voltados para trás, emerge de repente com sua presença tão etérea quanto a brisa que balança as folhas.

Desencadeando a sua magia, o curupira atordoa os intrusos ao zunido de assovios ensurdecedores. A mata, através de seu guardião, defende-se com força sobrenatural, repelindo os garimpeiros que abandonam a empreitada, aterrorizados por visões e sons inexplicáveis. Restituído o respiro aliviado do rio, a gente daquele lugar oferta presentes ao protetor: cachaça e fumo. E o curupira, satisfeito, traça um caminho invisível entre as árvores, não antes de prometer o seu retorno sempre que for preciso.

Essa região do Juruá, testemunha cálida da epopeia, celebra a vitória da harmonia sobre a ganância. E as comunidades, encorajadas por tal experiência mística, reafirmam o propósito da preservação de sua terra, pois agora sabem que o pacto com o curupira é uma aliança que sobrepuja o tempo. Fica a lição: a floresta e seu povo devem subsistir como cimélios merecedores de cuidado e preservação de suas tradições.

# A LUA NO SERTÃO
Anamaria Oliveira | Canudos – BA

A lua no sertão
A poeira no chão
Era a chegada dos soldados brasileiros
Na primeira expedição
Comandada pelo Tenente Pires Ferreira
Os soldados tiveram uma lição
Em UAUÁ enfrentaram os jagunços
E perderam para enxadas, facas e facão

O major Febrônio de Brito
Deu o segundo grito
Assim iniciou a segunda expedição
Mas assim como na primeira
Os soldados correram fazendo poeira
E os jagunços comemoraram
Mas uma vez eles ganharam
A batalha que enfrentaram

Liderada pelo coronel Moreira Cesar
O arraial foi invadido
O coronel logo foi ferido
E os soldados enfraquecidos
Pelos jagunços foram perseguidos
Assim foi concluído
A terceira expedição

A quarta expedição
Foi tanta poeira no chão
Uma tropa gigantesca
Invadiu o arraial
Comandada pelo general Artur Oscar
Ele veio massacrar
Os homens sertanejos
Liderados por conselheiro
Que no sertão estava a sonhar
Mas Canudos não se rendeu
A última expedição perdeu
E a lua no sertão
Em sangue se verteu.

# O BEATO JÁ DIZIA

*Anamaria Oliveira | Canudos – BA*

Rio de leite e parede de cuscuz
Era o que o beato já dizia
Da minha canudos em suas profecias

O rio de leite que mana neste sertão
É o açude e sua vasta expansão
Que através de irrigação
Leva água à nossa plantação

A parede de cuscuz é o nosso alimento
Que brota desta terra santa
E nos dar todo sustento

Essa terra tem variedades de frutas
Legumes e vegetais
Muitas espécies de plantas
E criação de animais

A vida aqui é sossegada
Ouço o bem-te-vi cantar
Nesta terra ele também escolheu morar

O beato não errou
Quando em canudos profetizou
Rio de leite e parede de cuscuz
Até hoje em nosso sertão se cumpre essa luz.

# CORES DESBRAVADAS

*Anamour | Rio de Janeiro – RJ*

Ao pisar na mesma terra do povo heroico do brado retumbante, logo avistei o pau-brasil.
Que árvore deslumbrante!
E que verde!

Ouvi o bater das asas do sabiá-laranjeira, que se escondia de mim entre as folhas da bananeira!
E que amarelo!

Abri as folhagens da mata exuberante.
Vi o mar que espelhava o céu gigante!
E que azul!

Agradeci por estar nesta Terra de Imensidão.
Onde no céu, as nuvens tomam forma de algodão.
E que branco!

Obrigada, país varonil
Obrigada, minha pátria Brasil.

# CANDINHA BRAZIL
*Ariadneh M. Chaves* | *São João del Rei – MG*

— Doceira! Doceira! Bala de coco! Pirulito de caramelo e cocada! Candinha Brazil vai à praça!

Nascida no Brasil, seu nome era Candy Brazil, com "z", e ela justificava que a mãe havia se inspirado nas receitas famosas das suas antepassadas, já que sua avó trabalhara numa grande confeitaria e ensinara tudo à mãe de Candinha. Receitas doces de família corriam em suas veias e por isso carregava em si a alma de doceira e aprendera o doce ofício de sua mãe, de sua avó e de sua bisa querida. Todas Candinhas.

Ela vendia para complementar as rendas do marido, quando o tinha, ou para sustentar a si e aos filhos. Mas, foi deixando de fazer os doces estrangeiros que aprendeu porque os ingredientes necessários eram caros. Assim, começou a utilizar novos ingredientes, que já eram antigos conhecidos: castanha-do-pará, castanha-de-caju, mandioca, abacaxi... E foi adaptando os doces e inventando novas receitas.

Candinha teve oportunidade de trabalhar em lojas, mas não vingou por lá, porque tinha crianças para cuidar. Também tentou vender encomendas, mas a quantidade era tamanha que não conseguia fazê-las sozinha, preferiu largar. Doceira de rua se tornou e, pelo aprendizado de suas antecessoras e das dificuldades do meio, do duro coco fez uma doce cocada! Sempre rodeada de pirulitos de açúcar queimado, pamonhas e doces brigadeiros. Nas feiras e nos estádios de futebol, dela se ouvia: "pipoca caramelada!"

Candinha viajou pelo país... Das Rendeiras ao Café Colonial, das Vinícolas às Praias do Litoral. De Carnaval a Carnaval, pelos tapetes de rua, pelas feiras de danças típicas, Candinha aparecia levando consigo sua arte de doceira. Era seu artesanato mais puro. De suas mãos, a magia transformava ingredientes em sabores para todos. Comer era uma arte, e fazer e vender seus doces era a sua arte. Do calor do meio do país, o mané pelado levava como aprendizado... Em Minas, eram vistas crianças passeando de trem e comendo doces de leite de corte feitos por Candinha.

Candinha atravessava tempos e épocas, ela vira as ruas, as lojas e as vestimentas das pessoas mudarem... tudo com o tempo passava, mas Candinha, de hoje, da Geração das Candinhas, do coco ainda fazia a cocada e seus doces ainda passavam pelos lábios dos amantes, pelas mãos das crianças que brincavam, pelo sorriso do idoso sentado a olhar a praça. E toda uma eternidade de Candinhas diversas vidas adoçavam enquanto trabalhava.

— Doceira! Doceira! Bala de coco! Pirulito de caramelo e cocada! Candinha Brazil vai à praça!

# O JARDIM DA ANA CAROLINA
*Augusta Maria Reiko | Porto Alegre – RS*

Pelas ruas de outono e eu vendo o mar,
Pensando ser o cabide no quarto da Ana:
Meu combustível pra rua me levar
Nestes dias roubados durante uma pestana.

Meu coração não me obedece
E no sono parece que ela me chama.
Caiu um milhão de estrelas! Anoitece!
Preciso parar de pensar só nesta Ana!

Ouvindo outra vez você, eu fiz uma prece,
Pedindo a Deus pra me tirar deste drama.
Não sei por que o meu coração se aborrece
Quando está distante de quem ama.

Mas um belo amor Deus me oferece!
E isso a gente não pode recusar na vida urbana,
Porque quando o amor brota e permanece,
Ele cria rosas ao meu lado no jardim da Ana.

Se eu sonhei, o sonho pareceu uma saga!
Lá estava a Ana debaixo das estrelas e da lua
Cantando em dez minutos com o Luiz Gonzaga
Num vozeirão que não tem no mapa da rua.

Quase acordei! E me senti gaga!
A noite de carvão tinha uma cor nua
Solta no tempo que um dia se apaga.
E Gonçalves Dias desejava uma cacatua?!

Ele escolheu o canto do sabiá
Porque ainda não conhecia a garganta
Da Ana em violão e voz neste lado de cá
Para cessar a briga da rosa com outra planta

Do seu jardim com palmeiras
Que foi parar na "Canção do exílio"
Desta terra que tem quem queira
Beijar estas flores e o seu cílio

Por não conseguir parar de te olhar:
Mineira, colorindo este nosso Brasil
Com sua fogueira em alto mar.
E pelo iPhone tem a cor do céu, anil!

# DIVERSIDADE

*Carolina Miranda | Salvador – BA*

Diversidade
Vamos percorrer o Brasil
Unir tuas regiões
Desvendar tuas culturas
Sotaques a impressionar
Culinária a dar água na boca
Museus a encantar o dia
Tradição a embalar a alma
Sanfona a ritmar os passos
Vestidos a balançar com o carimbó
Ir atrás do boi-bumbá
Saborear um doce de pequi
Tomar um chimarrão em família
Caminhar pelos Lençóis ou escalar os Morros
Pegar carona nas rabetas
Acompanhar uma romaria
Ao revoar dos guarás
Ir para a casa dos avós
Não pode perder a contação de histórias
Antepassados a fortalecer o presente
Agora arrumar a mochila
Seguir cada roteiro
Constatar a beleza do Brasil
Vamos viajar

# O MEU PAÍS TEM A COR DO OURO!

*Celeste Sousa | Porto Velho – RO*

Um dia, eu voltarei
Para ver os tesouros concebidos pela escravidão
E sentirei com orgulho e tristeza o perfume da era dourada
E estarei entre os feitos de uma nação sofrida

Um dia, eu voltarei
E contarei aos meus filhos os contos roubados
E andarei os caminhos das Minas, atravessados
E rezarei a missa da absolvição dos rendidos

Um dia, eu voltarei
E sentarei às margens do Rio das Velhas

Navegarei!

E plantarei meus pés na terra fértil da resistência
Louvarei a coragem do homem que persistiu e lutou
E exaltarei o orgulho de ter nascido desse chão
que é da cor do ouro!

# NORDESTE, MEU LINDO. UM CHEIRO! VISSE[1]

*Chico Jr.  |  Rio de Janeiro – RJ*

Oi. Olá! Beleza?
Permita-me apresentá-los às lindezas de Jampa?
Oi. Olá! Beleza?
Permitam-se amar esta cidade que encanta.

Onde há história. Resistência!
A opressão eu nego!
Onde o povo é "porreta" e de bem querência.
É "de boa" que, "arrodeando", eu trafego.

O Farol de Cabo Branco é "massa".
É aonde o sol chega primeiro nas falésias.
Que o bolero de Ravel se faça.
A embalar o entardecer destas sinésias.

Eu quero é passear por Tambaú.
Dar um mergulho no picãozinho.
Experimentar Tambaba de corpo nu.
Acompanhado! Não pode ir lá sozinho.

---

[1] Em memória. Esta é uma homenagem ao falecido "Seu" Zezinho. Mais famoso dos guias turísticos de João Pessoa e criador do bordão: Oi. Olá! Beleza? Que embalavam os passeios turísticos abrilhantados pela chama de seu carisma. Luz do agreste que brilhará eternamente em nossos corações.

João Pessoa é "arretada". Não sabe?
Se já não bastasse ser tão bem-vinda.
É tão perto, que ir a Porto de Galinhas cabe.
Logo ali é Pipa, Itamaracá, Recife e Olinda.

Eu te amo. Faz de mim seu filho, João Pessoa!
As areias de suas falésias tatuaram a minha alma.
Teu gosto de Umbu Cajá me perfumou de sabor.
O "violino da Belle" é melodia, que em meu coração ressoa.
Seu repente compassado eu levo é na palma.
"Paraíba masculina. Mulher-macho, sim senhor!"

"Paraíba masculina. Mulher-macho, sim senhor!"
"Paraíba masculina. Mulher-macho, sim senhor..."

# MEMÓRIAS ROUBADAS

*Clara Araújo | Inhapim – MG*

Em vez de manter a tradição de olhar fotografias no sofá da sala, cercada de pessoas que estão naquelas fotos tão esquecidas, me pego observando-as sozinha num quarto escuro da casa, enquanto todos estão ocupados demais em outras atividades. Caixas e mais caixas com memórias que não me pertencem, mas que gosto de imaginar como seria se eu estivesse presente nesses momentos.

Na noite passada, encontrei registros da infância de minha mãe, de sua primeira casa e de minha avó, que tive o desprazer de não conhecer. Apesar de antigas, pude ver seu jardim com tantas flores que jamais serei capaz de nomear todas elas, havia ipês ao redor da casa e uma exuberante árvore de pau-brasil que daria toda a tinta que os portugueses quisessem. Além da fachada, pude ver os fornos de barro no fundo, de onde saíam desde biscoitos de polvilho a qualquer tipo imaginável de broas e bolos, logo acima do imenso pomar e dos gigantes cactos, pelos quais minha avó tinha tanto apreço. A seguir, vejo as flores em cima das baixas paredes das diversas varandas e um ninho de passarinho feito com muito cuidado em cima das madeiras que sustentavam as telhas do telhado da casa. Não consigo ver mais nada, porque lágrimas começam a embaçar minha visão. A vontade de fazer parte de tudo aquilo se torna maior que qualquer coisa.

As fotos daquelas estradas tão infinitas começaram a ser espalhadas pela cama e, apesar de ainda estarem no mesmo lugar de sempre, sei que nunca serão as mesmas das fotos e nunca sentirei o mesmo que aqueles que tiraram as fotos sentiram. Tenho vontade de entrar no papel fotográfico e roubar as memórias e sentimentos dos integrantes dele e sentir que pertenço àquelas lembranças tão preciosas.

Mas, rapidamente, sequei os olhos. O céu está nublado e senti um cheiro delicioso vindo da cozinha. Enquanto isso, minha mãe se prepara para me chamar para comer bolinhos de chuva e eu me preparo para perguntar quem são as pessoas com ela na foto em que ela está sorrindo.

# NUMA FRIA MANHÃ DE INVERNO, EM FRAIBURGO – SC[2]

Claudio Reichardt | Fraiburgo – SC

Numa fria manhã de inverno levantei-me, pois o sono fugiu.
Não podia imaginar, deitado debaixo dos cobertores, que a temperatura lá fora fosse tão fria.
O termômetro marcava um grau positivo.
Vendo a geada, que cobria tudo,
tive vontade de voltar pra cama, mas relutei um pouco.

Fiquei olhando para fora, pela janela da cozinha.
Vi passar na rua uma mulher que levava uma criança, enrolada num cobertor.
Fiquei feliz por saber que neste mês
não será preciso levar minha filhinha
para a creche de manhã,
fazendo com que ela enfrente também o frio.

Voltei para o quarto.
Minha esposa, dormindo tranquilamente,
tinha os cobertores na altura do peito.
Eu é que sou resfriado,
ela nunca foi muito de se cobrir por inteiro.
No berço, minha filha, num soninho de anjo.
Tinha os dois braços para fora das cobertas.

---

2 Fraiburgo está situada no meio oeste catarinense. Cidade com cerca de 35 mil habitantes, tem sua cultura baseada na maçã, milho, soja e papel kraft. Nos meses de inverno é normal ocorrerem geadas pela manhã, e algumas vezes também nevou.

Com cuidado para não acordá-la,
cobri seus braços gordinhos.
Em pensamento, agradeci a Deus por ela,
que veio para nos trazer alegria e mudar nossas vidas.
Ela se mexeu, resmungou e virou-se para o outro lado,
continuando seu soninho.
Curti mais um pouco os sonos das duas e voltei pra cama.

E o frio de Fraiburgo, de que tantos gostam,
como eu, continuou. E é muito importante para o cultivo da maçã, uma das principais culturas do lugar.
O sol ameaçou aparecer, mas as nuvens o encobriram.
O dia foi muito frio!
Em alguns pontos, às quatro da tarde ainda havia geada.
Para quem precisava ir trabalhar foi bem difícil: depende do serviço, demora para se aquecer e mãos e pés ficam gelados...

À noite, um fogo na lareira aqueceu quase toda a casa.
Minha filha, de touca, jaqueta e luva,
brincou até sua hora habitual, por volta das oito e meia,
quando o sono chegou.
Com o chorinho de sempre,
foi embalada no carrinho e logo dormiu.
Minha esposa, depois de arrumar a cozinha, foi deitar-se.
E eu fiquei mais um pouco, escrevendo, até terminar a lenha
que havia colocado na lareira.
Feliz, agradecido e com sono,
me cobri bem quando deitei na cama.

# COLORIDA FAUNA BRASILEIRA

*Elidiomar Ribeiro | Rio de Janeiro – RJ*

Nada é melhor do que
Nossa fauna brasileira
Para se falar de cores
Pois do mundo é a primeira
É riqueza multicor
Que defendo com fervor
Diversidade cimeira

Onça-pintada amarela
Com rosetas tom escuro
Outras são cor-de-laranja
Ou de preto quase puro
Nosso maior predador
Que à noite dá pavor
Ao soar o seu esturro

Capivara é marrom
A suçuarana é parda
Bem cinzento é o tatu
Jupará cor de mostarda
Bem castanho é o mateiro
Mesmo tom do catingueiro
Cervos de cor resguardada

Asa-branca também cinza
O flamingo cor-de-rosa
O guará é escarlate
A saíra graciosa
Com arco-íris de cor
Esmeralda beija-flor
Chegam aves nesta prosa

Anu-preto, anu-branco
Amarelo o canário
Cisne-de-pescoço-negro
Pintam o belo cenário
Gralha-azul da cor do céu
Desde a grama ao dossel
Emplumado bestiário

Jacarés e sapos verdes
Borboletas coloridas
Belas cores são presentes
Em todas formas de vida
Camarão avermelhado
Tem até peixe dourado
Muita beleza envolvida

# SÃO LOURENÇO/MG

Felipe Blanco Manso | São Paulo – SP

Ouço o silêncio da prece.
Que antecede quem adormece.
O trotar do cavalo raiando.
Os pássaros se alvoroçando.

Sinto a claridade penetrar nos olhos.
O Sol esquentar a pele.
O ar puro inflando.
O sorriso esticando.

Não há pressa, correria ou tensão.
Há calmaria, felicidade e contemplação.
Do lago sem correnteza.
Dos bichos na natureza.

A fome que se sacia na terra.
A sede que acaba na fonte.

# A COR DO MEIO
*Fernanda Sanson Dura* | Santos – SP

Ligando o retroprojetor, a professora explicava que a cor do meio, entre o branco e o preto, não era o cinza como a maioria pensava. Buscou um pedaço de parede sem descascados ou manchas escuras para não atrapalhar a observação. Era dia de estudar grandes artistas brasileiros.

Os quadros de Tarsila do Amaral foram os primeiros a aparecer. Uma vez, eu conheci uma Tarsila. Dizem que ela aprontou e por isso o marido fez seu rosto sangrar. Ela ficou só o vermelho. Não vive mais lá no bairro, provavelmente por vergonha do pecado que cometeu — o que ninguém sabe exatamente qual foi, mas continuam a dizer.

A máquina fez um *clec* e projetou profetas feitos por um homem sem nome. "Ele tem nome sim!" — a professora corrigiu. Tem nome, mas todos o chamam de Aleijadinho.

Na minha rua tem um e eu também não sei seu nome, porque ele não vai para minha escola. Deve ter a minha idade — meu pai disse — mas ele nunca foi brincar na minha casa e nem eu fui na dele. Às vezes, quando estou a caminho de casa e sua mãe está estendendo roupas sob o sol, eu consigo vê-lo. Na sombra da laje, ele fica todo azul.

Apareceram obras de uma mulher com nome estranho. "Tome o quê?" — algum aluno perguntou. "Tomie Ohtake. Ela nasceu no Japão" — respondeu a professora. "Então... ela não é brasileira?" — ele insistiu. "É sim, naturalizada brasileira." — a professora explicou que um papel garantia a ela ser brasileira.

Lembrei do seu Tupã, vizinho da minha vó. Meu tio disse que ele não era como nós, era "índio". Será que ele não sabe que pode conseguir um papel desses que deram para a japonesa? Tem noite que lá do seu quintal vem uma música bonita com gente cantando. Eu não entendo uma só palavra. Uma vez, eu fui até sua casa com a minha vó, que precisava de uma planta para curar o estômago. Ele tinha a cor do sol.

A professora voltou alguns "slides" para destacar as cores usadas por este ou aquele artista e perguntou o que cada um mais gostou nas obras. "Mas... e a tal cor do meio?" — perguntei. Ela disse que a cor do meio é a mais tolerável aos nossos olhos, que dela não enjoamos, não desgostamos e não queremos distância. A cor do meio é o verde e, não à toa, é a cor que predomina na natureza.

"O verde? Como pode, se é uma cor secundária?" — perguntou outro aluno. A professora explicou muitas coisas, mas eu só me lembro dela ter dito "cor da esperança" e, quem sabe, seja a de que consigamos evoluir o olhar e deixemos de classificar como secundário o que, de fato, tem muita importância.

# PAÍS VERDE E AMARELO

Geovanna Ferreira | Marília – SP

As belezas de um país verde e amarelo
Não se encontram em qualquer esquina.
O famoso personagem cachorrinho caramelo,
É exclusivo do Brasil e se assusta fácil com qualquer buzina.

De *Águas de Março* à *Eduardo e Mônica*
As cantorias brasileiras se manifestam nas telonas.
Tem para todos os gostos, e a felicidade bate na porta de qualquer estilo musical!
Quem diria que um *Ai, se eu te pego* se tornaria viral?

Você já agradeceu por fazer parte da quinta maior população do mundo?
Alegre-se! Você faz parte do povo mais caloroso que existe. Isso não é profundo?
Uma grande diversidade de fauna e flora,
Que cá entre nós: é de dar inveja em quem mora lá fora.

O nosso grande tesouro não é somente a Floresta Amazônica.
É o espírito esperançoso de cada brasileiro,

Que sai de sua casa seis horas da manhã, trabalha o dia inteiro,

E quando retorna para seu lar, encontra o famoso e tradicional "PF", saboreando-o por inteiro.

É a esperança da criança que brinca de futebol nas vielas da vida,

Da menina que sonha, enquanto aprende a fazer trança em sua boneca.

São as culturas se entrelaçando,

Representando a enorme miscigenação étnica que não deixa de estar me representando.

Eu sou a mistura de raças, cores, culturas, tradições...

Você, nada mais é do que a herança que te deixaram. Aquela passada de geração em geração, sabe?

Desde o mito de que comer manga com leite mata (e será que não?!),

Até os costumes guardados por anos em seu coração.

Um povo heroico que não foge à luta.

Você sabia que nós conseguimos conquistar com braços fortes?

Afinal, somos cidadãos de uma pátria amada e idolatrada!

Mas aguarde, caro leitor. Há mais características do Brasil a serem ministradas.

Com paisagens encantadoras,

O território brasileiro deixa marcas avassaladoras.

Aquelas que não te fazem querer ir embora nunca mais,

E o desejo de continuar prestigiando a famosa feijoada brasileira, cresce mais por demais!

Tom Jobim já dizia: "Olha que coisa mais linda, mais cheia de graça."

Esse é o nosso Brasilzão!

Mas não se preocupe não,

Afinal, quem irá dizer que não existe razão nas coisas feitas pelo coração?

A naturalidade brasileira vai muito além de uma documentação provando isso.

Ela nasce no coração, se manifesta em cada ação,

Dando início assim, à uma nova cultura (por quê, não?).

Haja determinação!

República Federativa do Brasil.

Você leva meu coração à mil.

É o meu lar e a minha herança geracional.

Acredite: assim como um filho teu não foge à luta, jamais deixarei com que você se torne um país banal!

# RECOLHEITAS
*Gisele Moreira | Jacobina – BA*

Recolho as partes de mim
que esquecem da força que tenho.
Jogo fora a cada dia o desejo de desistir,
Podando espinhos,
Plantei, assim, minha raiz.

Desperto com os primeiros raios do dia,
preparo minha roça,
chapéu na cabeça, arado na mão
seguindo na vereda ancestral,
planto com esperança as sementes
da fartura que me foi prometida.

Arar a terra que dá cor à minha pele,
adorar a chuva, plantar flores,
ver os frutos da vida que conquistei,
Até poder voltar a terra e nutrí-la
com meu ser.
Pois estamos todos cultivando o tempo.
lavradores de momentos,
de infinitas recolheitas
que nos permitimos viver.

# A BAIANA DA MINHA TERRA BAHIA
*Graça Dória | Camaçari – BA*

Ahhh, o verão na Bahia! Em Salvador, então, as ruas cheias de turistas, principalmente no Centro Histórico, situação que atrai muitos vendedores ambulantes, que comercializam seus produtos, ganhando o "pão de cada dia"! E turista em Salvador não tem pena de gastar, graças a Deus!

Na Praça da Sé, sentimos logo o cheiro do azeite de dendê quente no tacho, brilhante, bem "ariada". A cebola, boiando na superfície do azeite pelando, ajuda a manter a temperatura no ponto certo para fritar o acarajé. A quentura do sol no calçadão da praça faz parte do pacote!

Bastavam esses dois elementos, cebola no dendê, e a clientela já chegava. Dona Valtércia tinha os clientes fixos e os turistas. Muitos já conheciam a baiana de longa data. Mas ela tinha um fã, isso mesmo, a baiana arriou os quatro pneus de Rey.

Dona Valtércia era cheia de resenha, uma figura simpática, divertida e isso ajudava bastante nas vendas. Ela não sabia do poder que tinha, tamanha a sua espontaneidade no trato com as pessoas, e ainda por cima, nem notava a quedinha de Rey.

O vendedor de amendoim "se chegava" logo para ouvir as resenhas e aproveitar para vender os amendoins feitos por sua mãe, mas o que ele queria mesmo era admirar belezura, Dona Valtércia, toda trajada de branco, parecendo uma deusa africana, preta retinta, a sua musa. As suas vestes muito alvas, saia e bata, ostentando o turbante muito bem-feito, complementada por seus colares de contas coloridas, sua guia de Oxum no pescoço, pulseiras pendiam nos pulsos, de várias cores, muitos anéis nos dedos, parecia uma pintura divina no contraste com a sua pele muito preta.

Rey, hipnotizado com tanta beleza, não disfarçava sua admiração. Seu sonho era ser um reconhecido pintor, e a beleza de Dona Valtércia não saía da sua mente. Esse se dedicava à pintura nas horas vagas, treinando para a realização do seu sonho. O dinheiro da venda dos amendoins era para a compra do material para a pintura daquela baiana fascinante. E lá foi ele comprar o item que faltava, uma folha de papel paraná. Faltava apenas convencer a modelo!

Ele havia planejado tudo, e como bom baiano, pacientemente, se viu comprando os materiais aos poucos. A ideia dele era usar materiais que valorizassem a figura da baiana.

Rey, perdido na sua viagem artística, tomou o maior susto com o grito de Dona Valtércia:

— Oxente, Rey, olha o cliente aí, "minino"! Tá onde essa cabeça, hein? Oxi!

Rey, sorrindo, vendeu seu amendoim e se deu conta que Dona Valtércia já estava na terceira rodada de fritura dos acarajés. Ele perdeu a resenha de hoje, mas saiu satisfeito com a contemplação da sua obra de arte, ele a viu prontinha.

Baiana tem seu lugar de destaque, não importa a cor dos seus olhos, se o seu sorriso é escancarado ou mais pacato, não importa a sua idade, a baiana quando assume seu ofício e usa aquelas vestes, é uma lindeza sem fim.

# UM GOSTOSO ENCANTO

*Heldene Leicam | São Miguel do Gostoso – RN*

Vento no litoral,
São Miguel do Gostoso,
Colorindo o Brasil.
Praias encantadoras,
Natureza é aquarela.

Coqueirais dançam,
Sorrisos na beira-mar,
São Miguel do Gostoso.
Pescadores ao mar,
Cestos na madrugada.

Cheiro do caju no pé,
Vermelho ou amarelo,
São Miguel do Gostoso.
Cuscuz e tapioca ao coco,
Na madrugada o escaldaréu.

Noites estreladas,
Lua ilumina a praia,
Festas e celebrações.
Nas cores do boi de rei,
No brilho do pastoril.

São Miguel do Gostoso,
Onde o sertão encontra o mar,
Encontro divinal.
Sol brilha intensamente,
Felicidade no ar.

Violão que encanta,
Sanfona que emociona,
São Miguel do Gostoso.
Ritmos que contagiam,
Melodias com paixão entoada.

Cultura e alegria,
Histórias como labirintos
Assim o Gostoso encanto.
Ruas de areia e lendas,
Memórias para sempre.

# BAIANISMO?
*Hélio Bacelar | Salvador – BA*

Todo baiano tem um pé na putaria.
É artista desde o nascimento.
Se não faz volteio com os "cambitos"...
Traceja com a cachola.
Dá nó em pingo d'água!
Se é da Embasa?!
Um nó é pouco: dá três!

E quando digo "baiano"...
Subentendo mulher,
homem, menino, menina,
periquito, papagaio, cachorro...
Até "pé de pau"...
Que na Bahia, dá "zigue" em vento sul.

A rede?!
Foi invenção pra distrair os incautos.
Foi preciso até exportar a "preguiça!"
E o preguiçoso?
Quem pensaram ser exílio.
Não, não, não!...
Agora pode ser confessado.
Era "boi de piranha".
E o "preguiçoso" deve de ter gostado muito.

Até agora, esteja onde estiver,
que tudo leva a crer, seja o céu,
tá dando gaitadas...
Se rindo desses atoleimados,
que pensavam ser indolência.
Era não! Só criatividade.
Foi tanta poesia,
que espirrou na parede e virou quadro
que sobrou no papel e virou música,
que não coube nas seis cordas do violão,
foi bater na goela do mundo.

Outros muitos "preguiçosos" foram.
Vocês nem se dão conta de quantos.
Foram de trem, de navio, de avião...
De internet...
Até na contramão!
Que aqui na Bahia
é chamada de mão inglesa.

E fiquem espertos!...
Outros tantos estão sendo mandados.
Não mais para enganar "piranha!"
Agora miramos "tubarões" e "anacondas".

# COISAS DE GOIÁS

*Jane Costa | Goiânia – GO*

Em Goiás é bom demais...
Têm belíssimas cachoeiras
Localizado no coração do Brasil
Rico em belezas naturais!

Em Goiás, o povo é hospitaleiro
Abriga paulistanos, maranhenses e mineiros...
Gente de todo lugar
A paisagem é o Cerrado
Com lindos ipês multicoloridos, em destaque
Os amarelos, encantadores, a enfeitar cidades e os campos
O rio Araguaia é a praia dos goianos!

A culinária de Goiás
Têm alimentos especiais
Pamonha, jabuticabas, pequi e galinhada
Quem prova, não esquece jamais!

Terra de artistas
Músicos excepcionais
A poetisa Cora Coralina e tantos outros
Tiveram reconhecimentos internacionais!

A vida em Goiás é boa demais...
Lembramos com saudades dos causos e da risada gostosa do Geraldinho
As terras são férteis, produtivas, vermelhas, culturais
Mesmo não tendo mar, é um estado espetacular!

# LABOR BRASILEIRO
*Jessica Goulart Urbano | Porto Alegre – RS*

O vento que sopra a nuca
O tempo que a todos azula
A folha que cai e dança
A fé renasce e canta

A dor que arranha a garganta
O limão azedo é esperança
A luta sorri nas linhas
As linhas de tuas rugas
A pálpebra cai e o sonho se refaz

Ói o trem!
A flor, suor, além...
Vai passar levando o teu olhar.

Ói o trem!
O som ecoa e vem
Vai passar levando o meu sonhar.

Hoje azul, novo dia
A luz, a sede, a alegria
Chocalho, tambor, os sinos
*Hay amor, el color...*
*Son los chicos.*

A cor que aguenta o sol
e o cabelo faz a sombra do pensar.
E o cabelo faz à sombra do pensar
O pensar, o pensar, o pensar...

# A MENINA ARARA
*Jovi e Laura Viegas | Porto Alegre – RS*

Minha casa tem muitos coqueiros repletos de araras; verdes e lindas, que contrastam com o azul do céu e a luz amarela do radiante sol, parecendo as cores da bandeira do Brasil.

Certa manhã ao acordar com o som de minhas companheiras, as araras, vi um movimento estranho no meu jardim. Desci para ver melhor o que tanto se movia em meio às flores e abaixo do coqueiro.

Para minha surpresa, era uma menina muito alegre e serelepe.

Não parava de falar um minuto, logo lembrei das araras-verdes que cantavam o dia todo no coqueiro.

Pensei: *essa menina só pode ser uma arara.*

Ela riu e disse:

— Sim, eu sou uma arara. Tal como a Ariel, eu pedi para me transformar em humana.

Perguntei:

— Por quê?

Ela disse:

— Eu queria brincar, correr, dançar, sambar.

Perguntei a ela:

— Sambar?

A menina-arara respondeu:

— Sim, sambar, adoro esse som e esse movimento. Eu ficava a escutar lá do alto do coqueiro aquela música alegre e queria muito dançar com você.

Rimos muito e decidimos sambar, eu e a menina-arara.

# LUGAR ABENÇOADO
*Juliana Deoldoto | Maringá – PR*

O dia estava quente, como era de costume, Madalena estava na varanda da sua casa, sentada em sua cadeira preferida com uma xícara de chá-mate em mãos. Com um suspiro, se recorda dos tempos de mocidade, onde ao leste só havia árvores frutíferas, pinheirais e grandes araucárias.

A sua frente, observa a vastidão das plantações de café. Graças ao bom céu, a geada negra havia passado há anos e, depois do desespero vivido, sua família tinha conseguido superar aquele momento trágico.

Já fazia quase trinta anos que ela e o marido, José, haviam se mudado para o Paraná. Ambos vieram de São Paulo, na esperança de uma vida melhor. Eles moravam no norte pioneiro, já que a terra roxa era conhecida por sua alta fertilidade, o que a tornava excelente para a agricultura.

O sítio em que moravam foi comprado com muito suor. Lá, eles ergueram aquela casa de madeira, pintada de amarelo e verde, tão acolhedora.

Já era fim de tarde e logo prepararia o jantar, polenta com frango, o preferido do marido e dos filhos. Depois do longo dia na roça, o jantar era importante para dar sustança, já era época de colheita e ela sabia o quão árduo era aquele trabalho.

Ao olhar para a sua esquerda, observava seus dois filhos mais velhos saindo do terreirão com suas enxadas em mãos.

No Natal passado, eles haviam conseguido economizar e comprar uma televisão, tão sonhada e almejada pelos filhos. Fechando os olhos, Madalena sonhava em um dia poder conhecer os lugares que via naquele pequeno televisor.

Quem sabe um dia, seria capaz de ir ao parque de Vila Velha, a cidade histórica de Morretes ou ainda poderia conhecer as Sete Quedas do Iguaçu, embora os jornais dissessem que em breve elas deixariam de existir, pois seriam inundadas para dar lugar ao reservatório de Itaipu.

Ao terminar seu chá, seguiu para a cozinha, arrumando o fogão a lenha e iniciando o preparo do jantar, recebendo ajuda das filhas.

Após jantarem e ajudarem na organização da casa, os filhos se recolheram para seus quartos, enquanto Madalena deitava-se ao lado do marido e ambos ficam ali, em silêncio, apreciando a companhia um do outro.

Com os olhos fechados, ela agradecia por tudo que haviam conquistado e por terem encontrado um lugar bom, seguro e acolhedor para morarem.

Apesar dos desafios enfrentados, ela pedia em suas orações que Deus sempre abençoasse o Brasil, em especial aquela região em que moravam, para que não houvesse momentos de tristeza, e, que se houvesse, que tenham saúde e disposição para enfrentá-los.

# LENÇÓIS MARANHENSES

*Karina Zeferino | São Paulo – SP*

Nenhuma câmera capta o que meus olhos conseguiram enxergar
155 mil hectares de areia entre dunas a formar
Um deserto tropical que a cada ano tem uma aparência
Construído pelas chuvas, lagoas de muita evidência

As mudanças geográficas das dunas
Não impedem o rio de encontrar seu caminho
Ele se reinventa através dos espaços
Para desaguar em seu destino

O som do vento a tocar a água
Combinado ao cantar das aves
Provoca uma melodia sentida
Por quem faz das pausas sinfonia

Tons de azul preenchem o ambiente
Em contraste com o branco da areia fina
Águas límpidas refletem as maravilhas
Que o sol ilumina com seus raios potentes

A velocidade que o 4x4 atinge
Nem de longe alcança as batidas do meu coração
Pela emoção de conhecer os Lençóis
Do formoso estado Maranhão

# O SÃO JOÃO NA TERRA DAS ARTES

Laíla Figueirêdo | Natal – RN

Oh, minha amada São João
A "Terra das Artes" com maestria
Tem tanta beleza que contagia
Quem vive e quem visita esse chão.

Aqui tem artista plástico que retrata a vida com a mão
A Serra do Mulungu, a ponte, o rio, a pracinha
A matriz, a filarmônica, o Beco da Alegria
Tem músico, poeta e artesão.

E agora que chegou o São João
Época de muita alegria
Para quem nasce ou se cria
No Nordeste ou no Sertão.

Vou falar do São João em São João
Que tem novena, tem quermesse todo dia
Rainha da Festa, Festival de Poesia
Festa do Agricultor e o dia 23, que é tradição.

São dias de grande emoção
A família se reencontra, é aquela euforia
Tem quadrilha que o matuto se fantasia
E, para as crianças, tem o parque de diversão.

No dia 24 tem a procissão
Quem é devoto, pelas ruas caminha
Agradece, faz prece de saúde, sabedoria
E grita, com fé, viva São João!

# MÁRIO DE ANDRADE – EU SOU UM MODERNISTA

*Leonardo Cássio | São Paulo – SP*

Eu sou um modernista
Sou um Tupi tangendo um alaúde
Eu procuro a novidade
Não falemos de deuses gregos
Eu quero a modernidade
Mas não machuquemos Peri
É preciso misturar
Se libertar de certas regras
Para poder criar
Uma verdadeira identidade
Construída pela diversidade
Que sobra nesse Pindorama
Sou um matavirgista
Um Tupi tangendo um alaúde
Eu sou um modernista

# MACUNAÍMA É MEU NOME

*Leonardo Cássio | São Paulo – SP*

Ai ai ai ai que preguiça
Macunaíma é meu nome
Guardião do muiraquitã
Sem caráter meu codinome
Sou filho da Pindorama
Lenda de grande renome
Fruto da floresta
Do tipo que não se come
Tenho grande poder
Mesmo com muita fome
Consigo viajar no tempo
Vai e volta, ninguém some
Defendo Mãe Natureza
Não importa o que me consome
Pode ser que você me deteste
Pode ser que você me ame
Desde que você saiba
Que Macunaíma é meu nome

# SAGRADO CHÃO

Luciana Éboli | Porto Alegre – RS

A chegada na aldeia é pelo rio
o barco atraca lentamente na enseada
onde nos recebem
quadra arenosa sob teto de palha
sons de tambores
casas adornadas com geometrias
coloridas
no centro, meninas, pequenas
divindades
sete ou oito anos, nos puxam pelas mãos

Conduzida a um banco
mãozinhas de tinta criam no meu rosto
a mais perfeita obra de arte
elas, atentas aos detalhes
eu, atenta ao instante
faz um calor que as sombras não
amainam
folhagens gigantescas
mostram a nossa pequenez

Mais abaixo, um senhor centenário
nina um jacaré no colo
a natureza amazônica nos engole

As danças começam
em fileiras por idades
gestos precisos, ritmos marcantes
um homem me convida à roda
braços dados bailamos origens
pulsação
pernas marcham em sintonia
a pintura do rosto escorre

Mulheres mostram
pulseiras de tramas
e perguntas no olhar

Sem decifrá-las
somos ínfimos
voltamos ao barco
seguimos no rio de palafitas e ondas pesadas
até onde as águas de duas cores
não se misturam, apenas convivem
nas possibilidades da paz

# AMAZÔNIA

*Luís Lemos | Manaus – AM*

Um jovem europeu queria conhecer a Amazônia. De tudo fez na vida para realizar esse seu sonho. Foi fotógrafo, pintor, jardineiro. Mas nunca conseguia juntar dinheiro suficiente para fazer a viagem.

— Só serei feliz totalmente quando realizar este meu sonho — dizia para os amigos e parentes próximos.

Aconteceu que, numa noite de primavera, no sul da Itália, enquanto ele assistia TV no quarto, ao lado de sua esposa e de seus dois filhos, viu um anúncio de um concurso de poesia, prometendo para o primeiro colocado uma viagem ao Brasil. Na manhã seguinte, despertado pela força dos vencedores, aquele jovem foi até o escritório da emissora, onde se informou de todos os detalhes do edital do concurso.

Na volta para casa, com a ficha de inscrição na mão, ele observava os pinheiros que formavam a paisagem gelada da região e imaginou-se estar no meio da floresta amazônica. Ele escreveu um poema falando da fauna, da flora, das pessoas e da magia cultural que envolve a cultura do Norte do Brasil. Fez um verdadeiro tratado filosófico e foi escolhido em primeiro lugar. O prêmio era uma passagem de ida e volta ao Brasil, com direito à acompanhante e duas semanas com todas as despesas pagas num hotel de selva, conforme previa o edital.

Chegando ao Brasil, o jovem desembarcou no Aeroporto Internacional de Manaus, Eduardo Gomes.

No saguão do aeroporto ele avista um imenso quadro intitulado: "Amazônia brasileira, sua gente, a maior riqueza cultural". Impressionado com o realismo daquela obra, o jovem decidiu voltar para Europa no dia seguinte. Lá, no velho continente, ele expressava de bom tom que já poderia morrer em paz, pois tinha realizado o seu sonho.

E assim, com vinte e cinco anos de idade, aquele jovem partiu dessa vida para outra, dizendo para toda a Velha Europa que ele era o único da sua cidade que conhecia e compreendia verdadeiramente a riqueza da floresta amazônica. Como homenagem póstuma, amigos e parentes lapidaram a seguinte frase de Isaac Newton sobre o seu túmulo: "O que sabemos é uma gota, o que ignoramos é um oceano".

# BREVE PROSA DE UMA BOA LEMBRANÇA

Luna Cavalcante | São Bernardo do Campo – SP

Ainda permanece a lembrança do cheiro de meu avô.

Ainda permanece a lembrança da casa de vó e vô.

Ainda permanece a lembrança do cheiro de prosas, histórias e muito amor.

Ainda permanece viva as lembranças das brincadeiras de infância dessa cidade que me gera ardor.

Infância, vivida, crescida em São Bernardo do Campo que me retoma o cheiro de cidade bem-vista, bem vivida.

Das crianças penduradas aos seus brinquedos, das roupinhas feitas de todas as cores de todos os jeitos.

Das histórias da cidade, dos novos, dos velhos, das mudanças, das crianças.

Das gargalhadas dadas ao longo do dia inteiro.

Do cheiro de chuva quando as pequenas gotas dela tocavam a rua.

Daqueles paralelepípedos que machucavam nossos pés ao corrermos em cima deles ao longo daquela rua.

Daquela pequena parte do dia ao som da voz do meu avô ecoando pela cidade, assim o via.

Abraçada com ele ainda na infância com macieiras, limoeiros e pequenos pássaros cantantes como testemunhas daquele amor e frescor de avô.

Naquela rua dura, por vezes mais macia que hoje, me fazem compreender as tantas prosas que ali me fez ainda hoje lembrar do meu avô.

# BRASIL PINDORAMA, UMA PESADA CARGA CULTURAL

*Manu Assis Pastor | Mogi das Cruzes – SP*

Cora vive em meio a floração das palmeiras e o canto dos sabiás, na antiga Pindorama, portanto já carregava esse peso em sua bagagem cultural desde o seu nascimento.

A jovem é uma ávida leitora que se apaixonou muito cedo pela arte das palavras. Embora tenha começado a escrever, ela nunca confiou em seu potencial e não julgava suas histórias dignas de uma chance...

Sendo assim, ocupava seu tempo se aventurando pela literatura brasileira, passando horas imersa nos livros que continham os ecos do modernismo literário. Seu coração pulsava ao ritmo das histórias de Drummond, Cecília, Vinícius e Clarice, cada página era uma trilha que a guiava pelos caminhos da expressão mais pura da alma brasileira.

Em uma noite de inspiração intensa, Cora escreveu uma carta à sua escritora predileta da atualidade — uma das únicas que acompanhava. Narrou sobre suas paixões literárias, seus sonhos e o desejo ardente de dar voz à história que perseguia seus pensamentos. Com timidez, depositou a carta na caixa de correio, como quem envia um pedido ao universo...

Certo dia, surpreendentemente, uma resposta chegou. A grande escritora não só havia lido suas palavras, como também elogiou sua escrita. Tudo isso veio acompanhado de um convite para um encontro em uma das bibliotecas da cidade.

No encontro, a escritora guiou Cora pelos bastidores da escrita, compartilhando segredos, desafios e a magia de dar vida a novas histórias. A jovem escutou cada detalhe, absorta pela imensidão que era o mundo da escrita!

E assim, uma nova voz se juntou ao coro das riquezas da literatura brasileira, enriquecendo o cenário literário com sua perspectiva única.

Cora seria eternamente grata pelas lições que os patronos da literatura brasileira a ensinaram através de suas eternas palavras... afinal, escrever é fazer morada em outros corações — em outras histórias... e essa era a nova profissão de Cora.

# QUEBRA-CABEÇA CULTURAL
*Marcia Maria | Duque de Caxias – RJ*

Férias! Não precisar mais ir para a escola e nem fazer as tarefas. Mas o que eu mais desejava era ir para o interior, que eu chamava carinhosamente de roça.

Minha família é de uma cidadezinha do interior de Minas Gerais, chamada Carangola, e era para lá que eu e meus irmãos íamos sempre que tínhamos folga na escola. Sendo pobre e morando na Baixada Fluminense, minha única diversão era brincar na rua onde morava. Mas quando chegavam as férias, eu só pensava em ir para a roça encontrar os primos e viver experiências diferentes daquelas com que estava acostumada.

Férias era sinônimo de aventura. E eu me imaginava no Sítio do Pica-Pau Amarelo — história que também fez parte de minha infância. Eram tantas coisas diferentes para fazer!

Meus primos acordavam antes mesmo de o sol nascer, para ordenhar a vaca e levar o leite para o café da manhã. Para eles, essa era uma tarefa rotineira, mas para mim, era encantador ver como o movimento das mãos habilidosas fazia com que o leite espirrasse espumando dentro da leiteira. E o leite era tão puro, que era comum causar algum desarranjo intestinal, já que não estávamos acostumados a consumir um produto com tanta qualidade. Nosso leite da cidade era (e ainda é) misturado com água.

O café era moído na hora, em um moedor manual. Eu ficava hipnotizada vendo os grãos entrando no moedor e se transformando em pó. Moía-se o suficiente para encher uma latinha, parecida com uma lata de sardinha. Eu não me limitava a observar o processo. Eu queria fazer. E enchia várias latinhas até encher um pote de meio quilo. Meus primos também gostavam, porque ficavam livres dessa tarefa.

No sítio passava um rio, e era ele que fazia girar um moinho que gerava eletricidade. Mas, por volta das 20h, o moinho era desligado e ficávamos em uma escuridão quase total. O que nos iluminava era a luz do fogo do fogão à lenha. Este, além de iluminar, também aquecia nos dias frios.

Eu não tinha noção da troca cultural que acontecia naqueles encontros. Eu e meus irmãos apresentávamos nossa realidade. E meus primos, a deles, que, para mim, era bem mais interessante.

Só depois de muitos anos é que entendi a importância dessa mistura cultural comum em nosso país tão heterogêneo e tão acolhedor. Não há uma cultura que se sobreponha à outra. Cada região tem as suas tradições. É exatamente esse quebra-cabeça cultural que forma o Brasil. Não pode faltar nenhuma peça, porque somente com todas elas juntas temos um país completo.

# RIO PARA AMADORES
Marcia Maria | Duque de Caxias – RJ

Dizem que o Rio de Janeiro não é para amadores. Não amadores no sentido de aqueles que amam, mas amadores no sentido de despreparados, iniciantes. Para viver nessa cidade-selva é necessário atenção, esperteza e aquele toque de malandragem. O carioca é mestre na arte de dar golpes e de perceber oportunidades em meio ao caos.

Essa característica foi facilmente percebida no show da artista internacional Taylor Swift, quando inúmeros fãs da cantora acamparam em frente ao estádio onde aconteceria o evento, enfrentando a onda de calor que atingia o país, com sensação térmica chegando aos 59°. Sendo uma acomodação improvisada e sem nenhum recurso, também não havia onde tomar banho.

Diante desse cenário, seria comum surgirem ambulantes vendendo água, guarda-chuva, protetor solar e todo tipo de mercadoria. Mas sendo no Rio, o comum é o incomum. Um rapaz inovou e estava oferecendo, por 1 real, uma borrifada de desodorante.

Outra rotina comum do carioca é encarar as grandes filas, que se formam ainda durante a madrugada. Isso fez surgir o aluguel de banquinhos. Por uma pequena quantia, você não precisa mais enfrentar de pé filas intermináveis. Basta alugar o banquinho. Mas se não quiser o banquinho, você pode contratar um "guarda-

-vaga", que são pessoas que se dispõem, em troca de algum valor, a chegar de madrugada no local e ficar na fila para você. Quando a sua vez estiver chegando, a pessoa te avisa.

Há também o guardador de carros, que nós, cariocas, conhecemos como "flanelinha". Essas figuras caricatas fazem o loteamento das ruas, separam as vagas com cones e cobram valores desproporcionais para permitir que o motorista possa estacionar. Todo o processo é ilegal, mas o poder público finge que não vê e eles trabalham livremente nas ruas do Rio. Em uma cidade com cada vez menos espaços disponíveis para estacionamento e onde o transporte público é precário, os moradores precisam usar o carro e enfrentar os desagradáveis flanelinhas.

Um turista desavisado que visite o Rio de Janeiro, terá muitos desafios a superar, para poder usufruir desta cidade linda, acolhedora e feliz, apesar de tudo.

Contudo, posso dizer que o Rio é para amadores, sim. O Rio é para quem o ama. Eu sou uma amadora desta cidade e digo com convicção que o Rio continua lindo e sendo a eterna Cidade Maravilhosa.

# OS VÁRIOS TONS NA PALETA
*Márcio Castilho | Volta Redonda – RJ*

Sou pele, sou branca, sou preta,
Para o poeta, sou a paleta neste país de cores mil.
Sou a variedade genética nesta nação tão eclética
Batizada de Brasil.
Sou bronze, vermelha, morena, amarela,
Nesta terra sou aquarela entre cafuzos, mamelucos, mulatos.
Sou pele, tela de tantos matizes,
De cores vivas sob os vernizes e texturas em tons exatos.
Sou pele dos antepassados, genes nobres misturados;
Sou melanina, cor, pigmento.
Sou pele nua, albina ou parda, madeixa lisa ou encarapinhada;
Sou identidade e empoderamento.
Sou pele cabocla, dourada; jongo anti-horário na alvorada,
Sincrônico passo de dança.
Sou pele dos puris de minha terra, curumim que não quer guerra;
Sou tribo, sou pajelança.
Entre índios, brancos e negros, sou raça,
Mistura homogênea em óleo de linhaça,
Precisas pinceladas e elo perfeito.
Sou impressa *tattoo* a dizer:
"Não degrade o degradé
Na aguarrás do preconceito!"

# MEU NORDESTE

*Maria José Oliveira | Lagoa Nova – RN*

De poesia e suor
Se faz o bom nordestino
Que desde pequenininho
Aprende a dançar forró
Aprende que é da terra
Que se tira o sustento
E quando a chuva demora,
Entende que nessa hora,
A gente se acalma e ora
Para esperar o bom tempo.

É coisa de nordestino
se derreter de alegria
Com forró e cantoria,
fogueira, fogos, fartura.
Nossas quadrilhas juninas,
Brincadeiras, bandeirinhas
Um bom traje de matuto,
Sanfoneiro já tocando
No salão anunciando
Toda a nossa cultura.

E todo bom nordestino
Faz da bravura um repente,
Faz do suor alegria
E quando chega da roça
Não enjeita uma paçoca,
Cuscuz ou um bom mungunzá,
Pois o melhor dessa vida
Além da boa comida
e rede pra balançar
É juntar nossa família
Pra festejar com alegria
Na festança do Arraiá.

# O BANQUETE RIBEIRINHO
*Marta Estumano Freire | Niterói – RJ*

Pensei que um passeio de barco pelo rio Guamá me ajudaria a encontrar as velhas contadoras de histórias ribeirinhas. Elas deveriam estar por aquelas águas, escondidas em algum lugar da Amazônia. Não seria impossível encontrá-las. Saí bem cedo de casa e no caminho parecia ouvir minha mãe dizer:

— Pra onde tu vais, Carlinha?

Ninguém podia saber sobre essa viagem. Fui para o barco. A água estava esverdeada. Os musgos a escureciam e eu não via o fundo do igarapé. Nas minhas mãos algumas fotos de infância. Achei que elas me ajudariam a embarcar naquele mundo. Não daria para entrar nele sem nenhuma ilusão, um passado, uma doce memória.

As velhas contadoras estavam surgindo na minha imaginação. Eu via mãos sábias de mulheres conhecedoras dos igarapés. Imaginava seus olhos, enquanto minhas mãos saíam da embarcação e mergulhavam dentro d'água. O remador cantava, e a letra da canção parecia sair dos meus pensamentos. Entramos num caminho de água estreito. Senti medo. Então, peguei as fotos do passado e fiquei olhando os rostos sorridentes, que fitavam o fotógrafo. Depois do encontro com essa memória, achamos o caminho das contadoras de histórias ribeirinhas. Elas estavam na beira do rio. Eram tantas que eu nem conseguia contar. O remador disse que voltaria depois. Eu pisei na terra e as velhas contadoras me olharam com felicidade e me ofereceram um banquete com frutas, açaí e peixe assado na folha de bananeira. A mais antiga de todas se aproximou. Falou que elas não eram as contadoras das lendas ribeirinhas, mas pediu que eu voltasse, que lá sempre teria um banquete. Olhei para as outras mulheres e todas pareciam dizer a mesma coisa. Elas entraram em suas canoas e seguiram para o igarapé adentro. Cheguei à beira d'água e o remador estava voltando. Entrei na embarcação. O homem começou a cantar a mesma música de antes. Então, resolvi interromper o seu canto:

— O senhor sabia que elas não iriam contar lendas pra mim, não é?

O remador disse:

— Moça, elas sempre contam.

Chegamos no cais. Eu estava triste, pois não tinha conseguido encontrar o que buscava na viagem. Fiquei no trapiche, lembrando da comida servida, dos sorrisos. E sim, elas tinham me contado uma história ribeirinha: a das velhas contadoras. Eu só precisava falar para quem quisesse ouvir que as encontrei.

# FINCADA DO MASTRO DE SÃO BENEDITO

Michele Boldrini | Linhares – ES

Era 24 de Novembro, quando São Benedito e Santa Catarina caminhavam pela vila de Regência. Levados pelas toadas, ave-marias e pais-nossos, iam à frente, abrindo os caminhos, com seus fiéis, em oração e celebração. Tambores repicavam anunciando a nossa chegada e os moradores vinham acompanhar a procissão até a igreja.

Chegando lá, devolvemos os santos para o altar e fomos em busca do mastro, um tronco que representa o mastro de um navio, fazendo referência ao milagre que deu origem a esta tradição em todo o estado do Espírito Santo, e que é escondido no dia anterior à festa.

Após muita procura, o farol piscou dando realce ao tronco, e então o encontramos. O toque do ganzá e do tambor aguçaram e a comunidade se extasiou. Algumas pessoas passaram à frente e o puseram nas costas. Em júbilo, retornamos à igreja, saltitando, arrancando ramos e cantando "Cadê nosso mastro? Olha ele aqui. Que pau é esse? É guanandi". Avistei Talena com um sorriso que esbanjava contentamento e fui até ela.

— O congo traz alegria ao coração, né?!

— Muita! Temos sofrido pelos crimes e ataques aos corpos e território. Nossos olhos vivem com semblante de dor, mas quando temos esses momentos, a alegria retorna aos corações.

Ponderei sua fala até chegarmos à igreja. A lua estava cheia, bandeirolas balançavam com os ventos e fogos coloridos cintilavam nos céus junto às estrelas. Os fiéis amarravam ramos de aroeira no mastro enquanto pediam por dias dignos, pela saúde do rio e do povo, pela justiça aos crimes contra nós e pela preservação da nossa cultura. O mastro foi erguido, os pedidos subiram e os santos foram louvados.

Finalizamos os cortejos e fomos comer na Casa do Congo. Fizemos uma enorme fila e enquanto esperávamos, contemplamos as crianças, amontoadas no topo, cheias de fome e empolgadas para saciá-la. Estendi as mãos para receber meu prato, entregue por Tia Darilia.

— Tá cansada, tia? — perguntei, reparando nos traços da idade daquela senhora.

— Tô nada! — ela respondeu, enérgica — Eu cozinho para São Benedito há mais de sessenta anos e enquanto eu tiver viva, tô aqui.

Sorri, peguei meu prato e fui me sentar com Adaílton, que estava pensativo.

— O que pega? — cheguei dizendo.

— Me sinto embriagado sem ter bebido!

— E estamos, embriagados de congo, alegria e fé! Era o ganzá quem me conduzia, não eu a ele — retruquei.

— Lindo! — ele ponderou, antes de continuar — Isso aqui é sagrado! Essa festa nos nutre há mais de cem anos.

# PROCISSÕES AO CRUZEIRO DE SÃO RAFAEL

*Michele Boldrini e Inacia Adriana Boldrini* | *Linhares – ES*

Sentada na varanda de casa observei por longo tempo a roseira, detinha um aspecto ressequido que evidenciava profunda sede. A compreendo. Sinto sede por algo que seja capaz de ressuscitar a minha fé.

Minha comunidade tem vivido dias dolorosos devido a uma feroz seca que assola nossas lavouras e traz escassez às mesas. Ontem vi os olhos de Nena, minha mãe, chorarem por temerem que a fome se aloje entre nós e a vizinhança. A Nena, ou Dona Ermínia, é conhecida como "mãe de todos", por cuidar de cinco filhos e acolher a todos, com seus benzimentos e pratos de comida. Minha família vive em São Rafael, interior do estado do Espírito Santo, desde 1926, quando meu avô Alfredo e minha avó iniciaram o povoado. Sinto tanta saudade deles e me ponho a chorar. Auxiliadora, minha irmã, aparece:

— Adriana, já está pronta?

— Não sei se vou, estou descrente. Hoje será o sétimo dia consecutivo que vamos em procissão ao cruzeiro de São Rafael.

— Sigamos o exemplo de nossa mãe e tenhamos fé.

Talvez Dora esteja certa, afinal, ela é o próprio milagre. Quase que ela se encantou antes de nascer, mas nossa mãe a entregou para Nossa Senhora e Auxiliadora, e Dora nasceu cheia de saúde, recebendo este nome em honra à santa. Pus meu vestido azul, o mais belo que tenho, pois Nena diz que precisamos nos arrumar para ver Deus, e fui à procissão. Jovens, crianças e idosos, todos caminhando em oração pelos morros da vila enquanto rezamos o terço levando água e flores nas mãos.

— Dora, já tem uma hora que estamos caminhando e está quente, podemos parar para descansar?

— Não, ficaremos para trás. Todos precisam estar juntos quando alcançarmos o cruzeiro, assim ecoará uma única voz a Deus, que ouvirá o nosso clamor.

Chegamos aos pés do cruzeiro e juntos depositamos as flores e derramamos as águas. Observei o céu desanuviado, os rostos abatidos e abaixei a cabeça. Minha mãe sentou-se ao meu lado.

— Adriana, tenho reparado seus olhos tristes. O que está havendo?

— Me falta ânimo e vigor.

— Em virtude da seca?

— Também.

— Com isto, não se preocupe, Deus sempre nos amparou e continuará fazendo isso. Nossa gente tem fé.

— Eu acredito. Mas, continuo sentindo meu coração seco, o sinto ferido por tanta dor que temos vivido.

— Há situações da vida que geram grandes secas em nós. Tenha fé de que as águas cairão e nutrirão seu coração. Rogue a Deus para que ele faça chover também dentro de você, minha querida.

— Rogarei.

E a chuva caiu, dentro e fora de mim.

# PÁTRIA-MÃE

*Murilo Melo | Jaguarari – BA*

A minha pátria é gentil comigo.
É minha amada,
Minha mãe.
Está na minha identidade,
Na minha fala.
A minha pátria cora o meu sangue com quatro cores,
E tem milhões de estrelas,
Uma por coração que bate resplandecente,
Um patriotismo nato, insano e são.
São honras ao mérito.
O dom de ser brasileiro sempre esteve no meu olhar,
Nos brilhos incandescentes em verde, amarelo, azul e branco,
Refletidos em cada rosto-espelho do meu Brasil.
Nossas copas são muitas,
Nossas vitórias também,
Derrotas soam ao brasileiro como deslizes,
Pois amamos nossa pátria,
E vivemos a esperança, a fé, a solidariedade e a alegria,
A raça e a liberdade inerentes ao nosso povo.
Nada tira de mim,
A tatuagem permanente presente no meu peito,
Que diz do seu jeito, claro:
"SOU BRASILEIRO E AMO O MEU PAÍS."

# TUDO MISTURADO

*Natália Dozza | São Paulo – SP*

A Pequena Sereia foi nadando e nadando até cair no rio Amazonas. Perdida, se apoiou numa vitória-régia e perguntou para Iara como voltar para casa. Iara olhou aquela prima distante, mas antes que pudesse apontar a direção certa, viu a Branca de Neve se aproximar de algo que não pareciam ser sementes de guaraná.

— Não faz isso não, sua doida! E se estiver envenenada? Aqui não tem Príncipe Encantando que saia beijando desconhecida!

— Eu ajudo! — disse um boto-cor-de-rosa bastante prestativo.

Um pouco mais para baixo, uma Cachinhos Dourados achou que o cheiro de mingau que vinha de uma toca de jacarés-do-pantanal era algo de outro mundo... Só que aquele lugar era a toca da Cuca e a menina, na hora de dar no pé, tropeçou no Boitatá e, se não fosse por um milagre de São Jorge, teria virado um guisado folclórico.

Na Igreja do Bonfim, Cinderela acabou perdendo seu sapatinho de cristal quando resolveu deixar de dançar valsa e acompanhar aqueles tambores e a multidão que os seguiam ladeira abaixo.

Para piorar, a Chapeuzinho seguiu o Curupira por um atalho no meio da Mata Atlântica e foi cair na toca do Lobisomem. Danada que era, a menina não se fez de rogada: subiu nas costas da Mula sem Cabeça e disparou para o interior de Minas Gerais.

Já no Rio de Janeiro, Rapunzel, no topo do Cristo Redentor, se perguntava se suas tranças seriam capazes de alcançar o chão.

Pobre Negrinho do Pastoreio... Cavalgava do Oiapoque ao Chuí apenas coletando relatos cada vez mais e mais fantásticos. Informada, mas sem entender mais nada, uma Caipora desesperada gritava:

— Fada madrinha, recolha os seus e volte para o Velho Mundo!

Fingindo-se de sonsa, a Fada roliça continuava comendo uns churros da Mooca e pensava que varinha nenhuma seria capaz de fazer tanta confusão, muito menos de reparar todos aqueles mal-entendidos.

Vendo tudo trocado, a mãe exasperada falou para filha:

— O que aconteceu aqui? Foi você que misturou os livros?

— Eu não, mãe. Foi o Saci.

# VENHA CÁ, MEU BEM
*Nathalia Scardua* | Serra – ES

Estou indo embora de Vitória. A passagem pela baía é um instante de memórias que não são minhas. O forte, a pedra, o porto. Nós vamos, eles ficam.

É aqui que os caminhos se partem e as moedas não voltam. Desejei um dia ter prestado mais atenção — no forte, na pedra, no porto. Ter visto as lembranças distantes, a segurança do porto, o peso do forte e o Penedo se erguendo.

A intocável pedra guardiã da vitória é tempo, sem data. Tudo se vê, mas nada passa além da passagem. Eu vou embora por tempo indeterminado e não linear. O Penedo fica.

A vista está clara porque hoje não chove e a vida se faz sinfonia em branco. O caminho é limpo, os carros passam, as pessoas regressam, os navios partem, o mar vai e vem e o penedo também — pequena distribuição de deveres e lembranças diárias.

Estou indo embora de Vitória. Deixando para trás pessoas, lugares, cheiros e vontades. Não estarão aqui ao voltar. Serei outra, eles outros. O tempo é imóvel, mas as criaturas passam (e os objetos, e as palavras).

Estou indo embora de Vitória e de mim, da terra de quem quer bem. O Penedo imóvel assegura meu retorno, paciente, rotineiro, desde que a gente é gente e Vitória tem gente. O Penedo ficou.

E mesmo com todas minhas passadas durante anos, eu não pude entrar no forte, tocar a pedra ou atracar navios. Mas atraquei meu coração em Vitória e joguei minha moeda. Um dia eu volto feliz.

# HÚMUS
*paulo rogério* | *Carandaí – MG*

Quando eu saía,
Você chegava;
Nenhuma aflição marcava
Minha utopia.
Amava o desencontro,
Brincava
Poesia.
Quando me fui embora,
Você também. Nem
Planejamos
Uma saudade junta...
Hoje, eu olho,
Na visita
À minha terra,
A estação, o trem
E o movimento de nadas
Da névoa, frio, sol, amanhecer.
Húmus.
Você, Você, Você, Você, Você,
Nem seu sorriso a me obsolescer
Com uma saudade junta.

# INSANIDADE URBANA

*paulo rogério | Carandaí – MG*

Chove.

A alma de Minas faz-se mais presente ainda...

Tão distante e sempre aqui no coração... Inexpugnável.
Mariana.
São Lourenço.
Carandaí.
BH dos edifícios e do lar de minha irmã-confidente.
E tantos outros recantos por onde desfila minha insanidade urbana seus pensamentos um momento. Onde vai desaguar o São Francisco já sem referência alguma?

Às vezes, tenho a impressão de que me abandonou,
quando somente fico
uma semana e que dói intermitente...
(O preço que ainda pago por arrefecer meu sotaque na ausência de falas minha).

Lá nascem todos os rios...

Os pingos
Ainda lavam a rua...

# ENCANTOS E ENCONTROS DO BRASIL
*Denise Romão | Vinhedo – SP*

A lembrança que guardo aqui dentro
É do meu país com tamanha beleza
Me recordo das aulas de geografia
E da paixão que já exibia a natureza

O povo brasileiro exalta alegria
Faz de cada momento pura magia
No sorriso que exala a energia de dentro
Que mostra a contento e tanto contagia

E o que será essa energia de dentro?
Eu ouso dizer que vem do coração
Brasileiro tem tanto amor que transborda
Recheado de emoção e pura empolgação

Aquele que tem fé que move montanhas
Que luta, que chora e que acredita
No sangue carrega a força da vida
Na alma se entrega ao corpo que medita

Brasileiro ora, reza e medita
Confia no belo processo da vida
Às vezes, a rota se muda com o vento
Mas o que importa são as emoções bem vividas

Carrego dentro de mim um pedacinho da terra
Me orgulho de ser moradora presente
Já viajei por tantos países afora
Mas meu coração por aqui vibra contente

# OS ÓCULOS DE COPACABANA
Rosangela Soares | Araras – SP

Dezembro, 2002.
Rio de Janeiro, Copacabana.

Voltei!
Passeio ao redor de minha cidade. Sorri porque até para festejar tanta beleza a discrição me acompanhava. Que ousadia! Durante o horário de almoço, quando todos deixavam seus locais de trabalho para almoçar, aquele seria um passeio. Para mim, era um dia comum, enquanto muitos turistas, embevecidos, sacavam com rapidez seus celulares para buscar o melhor ângulo e disparar as centenas de cliques e, assim, registrar a famosa orla de Copacabana. As canções sobre ela não negavam sua beleza exuberante. A voz de Maria Bethânia, cantora e compositora, ecoava em minha cabeça "Copacabana..." Linda, com peculiar energia solar, mar e céu de um azul apaixonante. Transitando por seu calçadão, turistas ou trabalhadores como eu, sempre paravam em algum ponto para admirar a praia e o contato da brisa marinha que tocavam seus cabelos e refrescavam o corpo. Aquela era Copacabana com toda sua louca alegria e liberdade num dia perfeito de sol.
Vieste para tingir este Brasil com cores vibrantes ao dobre matinal dos sinos que ecoam pelo ar, diretamente de Itabira para Copacabana. Do Pico do Cauê, continuarás apreciando o relevo desta cidade que elegeste como sua, pois a total explicação da vida reside em

apenas viver, deixar fluir em seus rios momentos que desembocarão tranquilamente dentro do ser para uma profunda reflexão e crescimento. Pior do que o devastar das montanhas é ter que lembrar a poesia sobre a devastação humana. E isso, muito bem o fizeste em seus versos. A nossa memória afetiva está nas recordações para onde o rio da vida vai desaguá-la. Contando histórias, somos seres completamente solitários e poéticos.

Não somos parte do céu, mas parte desta multidão que busca a mais bela harmonia e lirismo na sua poética. Sentada ao seu lado nesses seus 120 anos, caso fosse vivo... Verdade. Vives entre nós porque, segundo tua assertiva, "Ser feliz sem motivo é a mais autêntica forma de felicidade." Eis nosso encontro inesperado e sem programação. Neste banco da orla, seu caderno luminoso e de costas para a imensidão do mar, preferiste estar de frente para as vidas que aqui transitam, agradecidas ou não com sua presença ao ensaiar para as câmeras simples abraços. Horas de delicadeza, de espanto, de medo por presenciar que, de Itabira para Copacabana, pela décima quarta vez seus óculos foram subtraídos e, em nada, com sua presença doce, puderam somar. Foste visionário ao retratar a sociedade contemporânea. Como se os anônimos só se preocupassem com as marcas que desejam carregar pelos caminhos da ostentação. Viraste, infelizmente, perigosa etiqueta, meu amigo defensor dos homens contra o vil capitalismo. Desastroso, em pleno ano 2000, ao se apropriar de seus óculos, perda da própria identidade em detrimento deles. Perda da alma numa falta de lirismo que só tu soubeste nutrir. Passaria a vida inteira me alimentando de suas palavras. Amanhã retorno.

# TERRA SOB A MÃO DE DEUS

*Rubens A. Sica | Araras – SP*

Que porto é esse
Em que estamos chegando?
Deve ser de um país tropical,
Tanta morena, flor, fruto,
Amor, e já escuto
Chegar o Carnaval.

É nesta terra, tão verde, tão quente,
De tão boa gente que eu quero aportar,
Quero ficar, pois aqui me convém,
Neste mundo não há,
Outra igual não se tem.

Este é o meu Brasil querido,
Casa dos amores meus,
Lar da minha vida e abrigo,
Terra sob a mão de Deus.

# ENTRE CORES E CULTURAS: O ESPÍRITO SANTO NO MOSAICO BRASILEIRO

*Siony Rodrigues | Serra – ES*

Esta história transcende as fronteiras que conectam o Brasil a outros países, explorando não apenas o nosso país, mas também a riqueza cultural de cada cidade. Vamos adentrar meu cantinho, bem no Espírito Santo, onde as praias com águas cristalinas encantam desde cedo. Os pescadores, em uma dança harmoniosa, lançam suas redes, revelando uma sinfonia de peixes coloridos que parecem entoar uma melodia única. Se perde de vista a imensidão do mar nesse espetáculo.

Pedra Azul, com seu céu acariciando a cidade no alto, encanta com o voo dos pássaros e a suave neblina que se mistura ao aroma do café ao amanhecer. As plantações de café, no alto da colina, são um espetáculo à parte, onde cavalos correm na relva verde.

Venda Nova do Imigrante mantém viva a tradição dos povos italianos que chegaram ao Brasil, destacando-se na tradicional Festa da Polenta. Uma celebração de culturas diversas, com músicas envolventes, premiações à rainha da polenta e uma energia que fortalece a economia local, atraindo visitantes de diferentes regiões do Brasil e do mundo.

Aracruz, com aldeias indígenas das tribos Guarani e Tupiniquim, é um fascínio à parte. Compartilhando sua cultura e cuidado com o meio ambiente, oferecem aos visitantes pinturas corporais, trilhas, artesanato e danças típicas. Um verdadeiro mergulho na diversidade cultural do Brasil.

A cultura folclórica do Congo, uma herança de indígenas e negros, é uma expressão artística que atravessa gerações. Com instrumentos variados, casacas, chocalhos e pandeiros, homens e mulheres cantam e dançam, reverenciando a história de lutas, amores e devoções que resistiram ao longo dos anos.

As paneleiras de Goiabeiras moldam panelas de barro como obras de arte, destacando tradições. A torta capixaba, símbolo da união, é um deleite para o paladar.

O Brasil, com suas milhares de cores e culturas, conta histórias fascinantes. Em meu Espírito Santo, viver é uma experiência única, entre praias encantadoras, cachoeiras mágicas e pores do sol que iluminam com suavidade. Cada amanhecer e anoitecer são verdadeiras obras de arte em um lugar deslumbrante de se viver.

# DE REPENTE SE VIU...

*Solange Rabelo | São Paulo – SP*

    Mariana chegou em Salvador, se encantou com o bambuzal próximo a via de acesso ao aeroporto e com os enormes orixás de Tatti Moreno, no Dique do Tororó, algo nela se acalmou, sentiu que Oxum, com seu traje de ouro, apontava seu espelho para ela e lhe dava as boas-vindas. Teve a impressão de que viu Oxóssi entre as árvores, segurando seu arco. As esculturas dos doze orixás, cada qual com seu atributo a impressionou. As imagens se deslocavam e adquiriam movimento, Iemanjá dançava e a chamava com seu canto para o espelho d'água. Desviou o olhar. Resistiu...

    Salvador a colocou em outro Brasil, no qual a negritude e a ancestralidade estavam ali. Gostou das cores da cidade, da capoeira, do acarajé, das roupas das baianas.

    Ao caminhar pela cidade se viu diante de Ofá de Oxóssi que guardava a casa de Jorge Amado e Zélia Gattai. Entrou na casa-museu e lhe chamaram a atenção os documentos que falam de como eles se conheceram e o amor que eles devotavam a natureza e a arte da culinária. Se deparou com sapos, o lago dos sapos, pensou: *Por que será que o escritor era fascinado por eles?* Imaginou várias hipóteses, os sapos despertavam um imaginário que a reportava aos contos maravilhosos, mas como saber? Entrou no quarto do casal, todo decorado com belas obras de arte. *A intimidade é velada ou entra na ficção?* Refletiu. Nos romances que lera dele, o que haveria de ficção e de realidade?

A casa do escritor ainda o preservava. Era leitora voraz de seus livros, que retratavam um Brasil repleto de África, de religiosidade, de uma cultura desconhecida. De repente, se viu rodeada de imagens de algumas personagens femininas criadas por ele: Gabriela e seus saberes culinários, Glorinha e sua janela, Dona Flor e seus dois maridos... Viu também os personagens masculinos Nacib, Vadinho, Mundinho Falcão entre outras. O universo da ficção encantava Mariana que sonhava em escrever... afinal, Zélia Gattai, com 63 anos, escreveu suas memórias e Cora Coralina começou a escrever com 14 anos e publicou seu primeiro livro com 76 anos. Lembrou também de Conceição Evaristo, que disse em uma entrevista que começou a escrever aos quarenta e se sentiu viva aos 70 anos. Mariana sentou-se em um banco, e como se tivesse acordado de um sonho viu quando misteriosas criaturas se aproximaram dela virou-se para olhar para elas e sorriu:

— Certamente posso dar vida... pegou um pequeno bloco e uma caneta em sua bolsa, e começou...

# UM PEDIDO AO BRASIL

T. Assis | Içara – SC

Brasil, "Pátria amada" diz o hino.
Mas quantas vezes te fizeram chorar?
dizem que tens um povo heroico.
Mas algum deles de fato luta por ti?

Brasil, o que podemos fazer para te ajudar?
Como podemos recuperar teus sonhos esplêndidos?
Tu mereces tanto Brasil.
Como podemos ser filhos melhores para a mãe gentil?

Deitado em teu berço esplêndido, teus filhos permanecem.
Não percebem tudo o que acontece à tua volta.
Teus risonhos, lindos campos perderam o viço.
E onde estavam os braços fortes para te defender?

O amor eterno que te prometeram Brasil,
em que mar profundo se perdeu?
Ah, Brasil, Brasil, Brasil.
Não existem palavras suficientes para te pedir perdão.

Perdão por termos apagado tua liberdade com ódio.
Perdão por termos destruídos tuas paisagens.
Perdão por não termos valorizado tua gentileza.
Perdão, terra dourada, por termos ofuscado teu brilho esplêndido.

Ah, Brasil, perdoa teus filhos.
Perdoe toda nossa falta de bom senso.
Perdoe não enxergarmos tua grandeza
Perdoe por não darmos a ti toda glória que merecia.

Pátria querida, que de nós espera paz.
Perdoe-nos por tantas vezes te dar guerra.
Perdão por não cuidarmos de ti.
Ah, Brasil, merecias apenas ser idolatrada.

Brasil, o que foi feito do teu céu formoso?
Por que ele escureceu?
Teu povo bravo deixou de ser retumbante.
Como podemos te recompensar, Brasil?

Como podemos te devolver o riso?
Como podemos te devolver a paz?
Como podemos ser filhos gentis?
Como podemos fazer você voltar a sonhar?

Poderia nessas linhas, retratar tua beleza.
Poderia por aqui, exaltar tuas praias.
Homenagear tua gente e sua cultura.
Falar bem de cada detalhe de ti.

Brasil, Brasil, Brasil.
Hoje apenas perdão.
Perdão, perdão, perdão.
Perdão, terra dourada.

Entre outras mil homenagens que recebes.
Nesses versos quero que saibas.
És ainda a mais bela, nos desculpe, idolatrada.
Somos nós que não fazemos jus à Pátria amada.

# MEMÓRIAS EM CORES

*Tati Tuxa | Montes Claros – MG*

Querida "eu" do futuro,

Escrevo esta carta para te ajudar a lembrar da nossa história e da nossa terra, quando a nossa memória já não for tão boa; pois ainda estamos na casa dos trinta e ela já não é como antes. Espero que daqui a muitos anos, quando a relermos, sejamos capazes de sentir as mesmas emoções que estou sentindo agora.

Embora adulta, sigo me encantando pelo universo das crianças. Tanto que, neste ano que passou, me dediquei à literatura infantil. Afinal, os livros sempre foram minha paixão. Desejo que aí, no nosso futuro, eles sigam sendo uma presença constante.

Com o universo infantil, vem um mundo de cores. Cores que se revelam em outros âmbitos da minha vida. Como nas roupas. Desejo que aí, no futuro também estejamos vestindo as cores que gostamos.

Nesta carta, eternizarei memórias a partir das cores da bandeira da nossa cidade: Montes Claros.

Vou começar pelo amarelo, que me faz lembrar a característica principal daqui do Norte de Minas Gerais: o calor! Amarelo do sol. Amarelo do coquinho azedo. E do pequi. Dois frutos típicos da nossa região. Aliás, espero que, quando lermos esta carta, tenha um pouco dos dois na geladeira, para saciar a vontade que sei, vai surgir...

Passemos agora para a cor verde, que traz memórias desde os tempos de infância, que muito vivi na roça. Verde da grama. Verde da horta que papai cultivava. Verde das árvores por entre as quais eu brincava.

Na fase adulta, uma outra roça e um outro gramado se fizeram presentes, igualmente verdes, mas regados por um outro tipo de amor. De um companheirismo sem igual, o qual sou incapaz de descrever, mesmo usando todas as cores do arco-íris. Aliás, como anda esse amor aí no futuro? Espero que continue regado de vermelho-paixão e verde-esperança!

Também temos o azul. Azul do céu. Azul da universidade em que me formei. Azul da capa do segundo livro que publiquei. Detalhes da minha trajetória profissional me lembrando de que nossos sonhos não têm limites! Assim como a imensidão do céu.

Por fim, temos o branco. Cor da paz. E da pureza.

Com essa cor, encerro esta carta. Relembrando que vivemos até aqui com a pureza que é própria das crianças, respeitando e valorizando nossa terra e, sobretudo, nossos sonhos.

Desejando que, no intervalo entre a escrita e a leitura dessas memórias, tenhamos continuado a viver da mesma forma, aproveitando todas as experiências e cores que a vida nos ofertou. Para que, assim, possamos ter paz nos anos que ainda nos restam.

Com amor,

"Eu" do presente.

# CENTRO DE GOIÂNIA

*Thereza Cruvinel | Goiânia – GO*

De dia é correria, de noite é solidão
Para muitos é só passagem
Para outros é o ganha pão
Entre pombos e araras
Vendedores ambulantes aquelas pessoas raras
Vende-se ouro, amola-se alicate, *chip* da tim, claro e oi
O velho conurbando com o novo
Prédios históricos se miscigenando com fachadas carregadas de informação
Do Mercado Central ao camelódromo
Pessoas passam... senhores com seus chapéus, mulheres com suas infinitas sacolas e crianças com a esperança de sair com as mãos carregadas de brinquedos
E a melhor parte: a comida, aqui você pode comer "bem" gastando sua fortuna de 2 reais, com salgados, pastéis
Aqui você pode comprar, com 2,99, de colares a anéis
Mas aqui não é um escrito de propaganda
E sim uma tentativa branda de falar que o ambiente que vivo é um ambiente vivo!

# RIO MADEIRA: ESPETÁCULO DIVINO
*Wanda Rop | Porto Velho – RO*

No Rio Madeira, o sol se despede
Sobre as águas, reflexos lindos
Despertam sentimentos, canto que seduz
Românticos sonhos afloram no horizonte

O poente derrama cores no céu
Tons dourado, laranja e carmim
Dança dos raios solares, espetáculo divino
Despertando a chama dos sentimentos mais sutis

O rio se rende ao abraço do sol
Exuberante brilho em suas águas serenas
Sinfonia de luz e amor se desdobra
Envolvendo corações em emoções plenas

Casais apaixonados contemplam a natureza
Emoldurados pelo esplendor que se revela
Cenário pintado pelas mãos do universo
Romances florescem, desvendados em aquarela

A magia do pôr do sol sobre o Rio Madeira
Desperta suspiros, versos e inspira o amor
Olhares trocados, promessas feitas
Romantismo que flui, doce melodia no ar

Em Porto Velho, doces instantes são eternizados
Nos corações que se unem em instantes mágicos
Resplandecente pôr do sol sobre o Rio Madeira
Eternas memórias, Norte do Brasil e suas riquezas

# SONHO DE CRIANÇA

*Warliton Sousa | São Domingos do Araguaia – PA*

O garoto
na sua astúcia
as latinhas
transformavam-se
em bola.

As tentativas
de fazer embaixadinha
guardava um olhar
atento do pai.

Alinhado no traje
camisa, short, chuteira
principia o caminhar.

Ajuntando hora
o dom afia-se agora
remove desajuste
e planta o sonho
de ser jogador de futebol.